필경사 바틀비

Bartleby, the Scrivener: A story of Wall Street

호르헤 루이스 보르헤스
Jorge Luis Borges 1899~1986

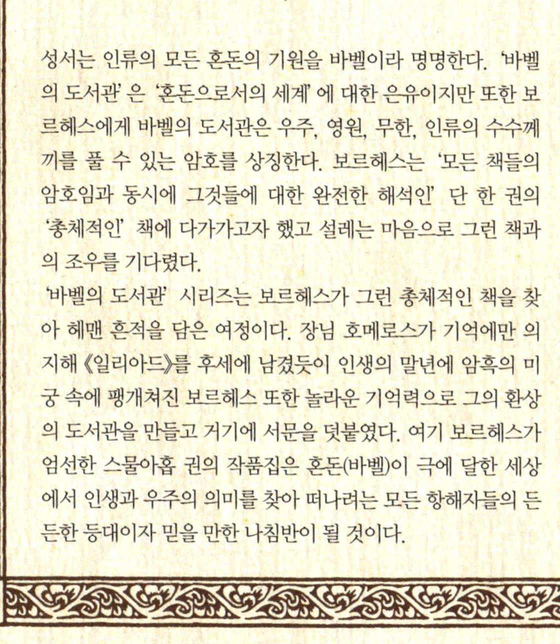

바벨의 도서관

성서는 인류의 모든 혼돈의 기원을 바벨이라 명명한다. '바벨의 도서관'은 '혼돈으로서의 세계'에 대한 은유이지만 또한 보르헤스에게 바벨의 도서관은 우주, 영원, 무한, 인류의 수수께끼를 풀 수 있는 암호를 상징한다. 보르헤스는 '모든 책들의 암호임과 동시에 그것들에 대한 완전한 해석인' 단 한 권의 '총체적인' 책에 다가가고자 했고 설레는 마음으로 그런 책과의 조우를 기다렸다.

'바벨의 도서관' 시리즈는 보르헤스가 그런 총체적인 책을 찾아 헤맨 흔적을 담은 여정이다. 장님 호메로스가 기억에만 의지해 《일리아드》를 후세에 남겼듯이 인생의 말년에 암흑의 미궁 속에 팽개쳐진 보르헤스 또한 놀라운 기억력으로 그의 환상의 도서관을 만들고 거기에 서문을 덧붙였다. 여기 보르헤스가 엄선한 스물아홉 권의 작품집은 혼돈(바벨)이 극에 달한 세상에서 인생과 우주의 의미를 찾아 떠나려는 모든 항해자들의 든든한 등대이자 믿을 만한 나침반이 될 것이다.

《필경사 바틀비》는 꿈의 상상력이 낳은
한가로움 혹은 기교 이상을 보여 주는 작품이다.
그것은 세계의 일상인 아이러니들 가운데 하나인
'허무함'을 보여 주는 슬프고 진실한 작품이다.

호르헤 루이스 보르헤스

† 보르헤스 세계문학 컬렉션 †

필경사 바틀비

허먼 멜빌

김세미 옮김

바다출판사

Herman Melville

1819~1891

◆
목
차
◆

삶의 불행과 고독을 관통하는 독특한 상상력_보르헤스 • 011

필경사 바틀비 월스트리트 이야기 • 017

작가 소개 허먼 멜빌 • 089

삶의 불행과 고독을 관통하는 독특한 상상력

호르헤 루이스 보르헤스

《모비딕》과《필경사 바틀비》사이의 '유사점과 차이'를 면밀히 연구하자면 이 짧은 지면에서 다 얘기할 수 없는 흥미로운 사항을 발견하게 된다. 물론 '차이'는 분명하다. 멜빌에게 명성을 안겨 주게 될 환각에 사로잡힌 인물 에이햅은 낸터켓Nantucket호 선장으로, 흰고래에게 물려 다리가 절단된 후 복수를 결심한다. 전 세계의 바다가 그의 무대다.

반면《필경사 바틀비》의 바틀비는 월스트리트의 변호사 사무실에서 일하는 서기인데, 괜한 똥고집을 피우며 어떤 일은 완강히 거부하기도 한다.《모비딕》의 문체가 칼라일과 셰익스피어의

화려한 문체를 연상케 한다면《필경사 바틀비》의 문체는 주인공 못지않게 음울하다.《모비딕》은 1851년,《필경사 바틀비》는 1856년에 쓰인 것으로, 두 작품의 집필 시기는 몇 년간의 차이가 있을 뿐이다. 공간이 무한히 열린 장편에 스트레스를 받은 작가가 일부러 도시의 노가주나무들 사이에 숨어 있는 작은 사무실의 네모난 공간을 찾았다고 말할 수 있겠다.

잘 드러나지 않는 두 작품의 유사점은 아마 두 주인공의 광기와 그런 광기를 전염시키는 환경의 비현실성에 있는 것 같다. 포경선 피쿼드의 선원들은 선장의 무모한 모험에 미친 듯 휘말린다. 월스트리트의 변호사와 다른 필경사들은 바틀비의 결정을 이상하리만큼 수동적으로 받아들인다. 에이햅과 필경사의 광기 어린 고집은 단 한 순간도 흔들리지 않고 그들을 죽음으로 내몬다. 그들이 내보이는 어두운 그림자의 주변에 다른 구체적 인물들이 있음에도 두 주인공은 외롭다.

멜빌의 작품에 줄곧 등장하는 테마는 고독이다. 고독은 불행했던 멜빌의 삶에서 중심적인 정서였을 것이다. 독립전쟁에 참전했던 장군의 손자이자 네덜란드와 영국계 유서 깊은 가문의 후손인 그는 1819년 뉴욕에서 태어났다. 멜빌이 태어난 지 12년이 되던 해에 그의 부친은 광기와 빛에 시달리다 사망했다. 대가족의 어려운 가정 형편 때문에 멜빌은 학업을 중단해야 했다. 그

는 적은 봉급을 받으며 기계적인 사무와 시간표대로 돌아가는 지루한 수업을 해야 했다. 1839년, 그는 선원이 되어 배를 탔다. 이 항해는 조상으로부터 물려받은 바다에 대한 뜨거운 사랑을 불러일으켰고 나중에 그의 문학과 삶에 중요한 사건이 되었다. 멜빌은 1841년에 포경선 애커시넷 호에 탔다. 일 년 반 동안 이어진 이 여행은 지금까지 사랑받는 장편《모비딕》의 많은 일화들에 영감을 줬다. 잔인한 선장 때문에 그는 동료 한 명과 마르키즈 제도로 탈출했다. 그들은 두 달 동안 식인종들에게 붙잡혀 있다가 오스트레일리아 상선의 도움으로 탈출할 수 있었고, 파페에테에 가게 됐다. 멜빌은 포경선에 자원했다가 탈출하는 일을 반복하다 1844년에 보스턴에 가게 됐다. 이 각각의 상황들이 이후 그의 작품들의 테마가 되었다. 하버드와 예일에서 공부를 마치고 집으로 돌아온 멜빌은 여러 문학 모임을 드나들었다.

멜빌은 1847년에 귀족 가문의 엘리자베스 쇼와 결혼했다. 두 사람은 2년 후 영국과 프랑스로 갔다가 되돌아와 매사추세츠의 한적한 농가에 한동안 정착했다. 그곳에서 멜빌은 너새니얼 호손과 우정을 맺고 그에게《모비딕》을 바쳤다. 그는 자신의 원고가 호손의 인정을 받길 바랐다. 한번은 호손에게 작품의 한 챕터를 보내며 "맛보기로 고래의 수염을 보내네."라고 말했다. 일 년 후 멜빌은《피에르 혹은 모호함*Pierr, or the Ambiguities*》을 발간했

다. 나는 그 작품을 경솔하게 읽었고, 멜빌의 동시대인들 못지않게 당황했다.

더욱더 어지럽고 지루했던 작품은 《마디Mardi》이다. 남쪽 바다 상상의 장소에서 펼쳐지는 이 작품의 결말은 계속 쫓아가는 걸로 끝난다. 작품 속 인물 중 철학자 바바란자Babbalanja는 철학자여서는 안 되는 인물의 전형이다. 죽기 얼마 전에 멜빌은 자신의 걸작들 중 하나인 《빌리 버드Billy Budd》를 발표했다. 그 슬픈 주제는 정의와 법 사이의 충돌이다. 이 작품은 브리튼의 작품에 영향을 주었다. 멜빌은 생애 마지막 시기를 우주의 수수께끼를 풀 열쇠를 찾으며 보냈다.

멜빌은 영사가 되고 싶었지만 뉴욕의 하위직 세관 검사관에 만족해야 했고 오랫동안 그 일을 했다. 그를 가난에서 구해 준 것은 호손이었다. 멜빌은 여러 어려움을 겪었는데 결혼 생활도 불행했다. 그는 키가 크고 건장했으며 바닷바람으로 가무잡잡하게 탄 피부에 검은 수염을 길렀다.

호손은 멜빌의 검소한 습성에 대해서 우리에게 이야기 해주었다. 멜빌은 언제나 깔끔했다. 짐이라고 해야 달랑 낡은 가방 하나였고, 그 안에는 바지, 붉은색 셔츠, 칫솔, 머리빗이 담겨 있었다. 여러 번의 선원 생활 때문에 이런 검소함이 몸에 배었다. 망각과 버림이 그의 마지막 운명이었다.

브리태니커 백과사전 열두 번째 판에서 《모비딕》은 단순한 모험소설로 묘사됐다. 이 작품은 1920년경 비평가들에 의해 재발견된 이후 독자들에게 훨씬 더 중요한 작품으로 인정받았다.

1920년대에 프란츠 카프카는 유명한 환상문학 장르를 시작했다. 《심판Der Prozess》에서 주인공은 어떤 권위도 없는 재판을 받고 형을 언도받는다. 그 잊을 수 없는 작품에서 믿기 어려운 것은 사건보다 인물들의 태도에 있었다. 주인공은 항의 한 번 하지 않고 재판 결과를 받아들인다. 멜빌은 카프카보다도 반세기 전에 바틀비의 이상한 사건을 만들어 냈다. 바틀비는 모든 논리에 반하여 행동할 뿐 아니라 다른 사람들을 그의 혼란스런 공범자로 만든다.

《필경사 바틀비》는 꿈의 상상력이 낳은 한가로움 혹은 기교 이상을 보여 주는 작품이다. 그것은 세계의 일상적인 아이러니들 가운데 하나인 '허무함'을 보여 주는 슬프고 진실한 작품이다.

Jorge Luis Borges

필경사 바틀비

월스트리트 이야기

나는 꽤 나이가 많이 든 사람이다. 지난 30년 동안 종사해 온 직업의 특성상 나는 내가 아는 한 아직까지 아무도 글로 쓴 적 없지만 흥미롭고 다소 독특한 사람들, 즉 법률 서류를 복사하는 필경사들을 보통 이상으로 많이 접해 왔다. 나는 직업적으로든 개인적으로든 많은 필경사들을 알았고, 훌륭한 성품을 가진 신사라면 미소를 짓고 감상적인 사람이라면 눈물을 흘릴 내력도 마음이 내키면 몇 가지나 이야기할 수 있었다. 하지만 다른 필경사들의 전기는 포기하고 대신 내가 보고 들은 사람들 가운데 가장 독특한 바틀비의 삶에서 몇 가지를 이야기하기로 하겠다.

다른 법률 필경사들이라면 일생에 걸친 이야기를 쓸 수 있겠지만 바틀비에 대해서는 그렇게 할 수가 없다. 내가 알기로 이 남자에 대해서는 완전하고 충분한 일대기를 쓸 만한 자료가 전혀 존재하지 않기 때문이다. 그것은 돌이킬 수 없는 문학적 손해이다. 바틀비는 원천적인 소식통을 제외하면 아무것도 확인할 수 없는 존재인데 그 소식통조차도 아주 적었다. 나중에 언급할 애매모호한 보고서 하나를 빼면 내가 바틀비에 대해 아는 것이라고는 나 자신의 눈으로 본 놀라운 것들이 전부이다.

이 필경사가 처음 내 앞에 나타났던 순간을 소개하기에 앞서 내 직원들과 내 업무와 내 사무실의 전반적인 주변 환경 등 나에 대해 몇 가지를 언급하고 넘어갈 필요가 있다. 이제 소개하려는 주요 인물을 잘 이해하려면 그런 설명들이 필수 불가결하기 때문이다.

우선 나는 젊었을 때부터 쭉 삶은 가장 쉽게 사는 것이 최선이라는 뿌리 깊은 신념으로 가득한 사람이다. 그래서 정력적이지만 긴장이 심해 때로는 정신이 사나워지기로 유명한 직업에 종사하면서도 아직까지 그런 것들이 내 평화를 망친 적은 없었다. 나는 배심원에게 변론을 하거나 대중의 갈채를 불러일으킨 적이 전혀 없는 야망이 없는 변호사들 가운데 하나로, 차분하고 고요하고 아늑한 피난처에서 부자들의 채권과 저당권과 권리증

서들을 다루며 안락하게 일했다. 나를 아는 사람이라면 누구나 나를 극도의 안전제일주의자로 생각했다. 시적인 열정이라고는 거의 없는 인물인 고故 존 제이콥 애스터는 내 가장 큰 장점을 신중함이라고 망설임 없이 단언했다. 그는 나의 그다음 장점은 매사에 찬찬한 것이라고도 말했다. 나는 자랑하려는 것이 아니라 그저 사실을 기록하기 위해 내가 존 제이콥 애스터의 변호사로 일한 적이 없다는 점을 말해 둔다. 그러나 내가 존 제이콥 애스터의 이름을 되풀이해서 부르는 것을 즐긴다는 것은 인정해야겠다. 그 이름 자체에 입술을 둥글게 해서 발음하는 둥글둥글한 소리가 있고, 금괴처럼 울리기 때문이다. 솔직히 덧붙이자면 나는 존 제이콥 애스터의 나쁘지 않은 견해에 관심이 없지 않았다.

이 짧은 이야기가 시작되기 얼마 전에 내 업무는 크게 늘었다. 내 일터는 이제는 뉴욕 주에서 사라진 형평법 재판소의 판사 보좌관이 쓰던 훌륭하고 오래된 사무실이었다. 이 업무는 아주 힘들지도 않은 데다 보수가 꽤 좋았다. 나는 화를 내는 법이 거의 없다. 잘못된 일과 무도한 행위에 위험하게 격분하는 일은 더더군다나 드물다. 하지만 형평법 재판소의 판사 보좌관 사무실을 폐지한 신헌법만큼은 무분별하고 시기상조의 조치라 단언해도 독자들은 이해해야 한다. 평생 동안 종사할 일로 의지했는데 겨우 몇 년밖에 이익을 보지 못했던 까닭이다. 하지만 이것은 여

담이다.

* * *

내 사무실은 월스트리트 ○○번지의 2층에 있었다. 사무실의 한쪽 끝에서는 건물 맨 밑바닥에서 꼭대기까지 관통하는 넓디넓은 채광창 기둥과 하얀 벽으로 마감된 내부가 보였다. 풍경화가가 보기에 '생기'라고 부를 만한 것이 결여된 이 모습은 다소 따분해 보일 수도 있었다. 사무실 반대편에서 보이는 광경은 더 낫지는 않지만 적어도 대비는 되었다. 그 방향의 사무실 창문들로는 늘 그늘이 지고 세월에 따라 거뭇거뭇해진 우뚝 솟은 벽돌담이 거칠 것 없이 보였는데, 그 숨은 아름다움을 보는 데 망원경이 필요하기는커녕 어떤 근시라도 볼 수 있게 창문 유리에서 3미터 안으로 바싹 붙어 있었다. 주변 건물들이 굉장히 높기도 하거니와 내 사무실이 이층에 있었기 때문에 담과 사무실 사이의 간격은 거대한 정사각형 물탱크와 적잖이 닮았다.

바틀비가 출현하기 직전에 나는 법률 필경사 두 명과 장래가 촉망되는 소년 하나를 사환으로 두고 있었다. 두 필경사는 각각 '터키turkey(칠면조)'와 '니퍼즈Nippers(집게)'였고, 사환은 '진저 넛Ginger Nut(생강쿠키 또는 생강빵)'이었다. 인명사전에서는 좀처

럼 찾아보기 힘든 희한한 이름처럼 보일지도 모르겠지만, 실은 직원 세 명이 서로를 부르는 별명으로, 각자의 외모나 성격을 표현한 것이었다.

터키는 내 또래, 즉 예순 이쪽저쪽으로 땅딸막하고 숨을 헐떡이는 영국인이었다. 그의 안색은 아침에는 불그스름하니 혈색이 좋다고 말할 수 있을 법했지만 점심시간인 정오를 지나면 석탄을 가득 넣은 크리스마스날의 벽난로처럼 화르륵 타올랐고, 계속 빛을 내다가 6시나 그 무렵이 되면 점차 사그라졌다. 6시 이후 나는 그 얼굴을 더 이상 보지 못하지만 태양과 함께 절정에 도달하는 그 얼굴은 태양처럼 매일매일 규칙적으로 눈부시게 최고조에 달했다가 기울어지는 것 같았다.

살아가면서 기이한 우연들을 많이 보아 왔지만 터키가 붉은 얼굴로 즐거운 미소를 지으며 가장 빛나 보이는 그 순간은, 스물네 시간 가운데 그의 업무 능력이 심각하게 떨어지는 순간이었고, 그 중요한 순간이 매일 정확하게 반복된다는 사실 역시 희한한 일이었다. 그 시간에 그가 완전히 나태하게 군다거나 일을 하기 싫어하는 것은 아니었다. 그런 것과는 거리가 멀었다. 문제는 그가 지나치게 원기 왕성해진다는 데 있었다. 그는 이상할 정도로 흥분해서 들썩거리며 경술하고 무모하게 움직였다. 그 시간 동안 그는 펜을 잉크병에 담그면서 전혀 주의를 기울이지 않곤

했다. 내 서류에 그가 남긴 잉크 얼룩은 전부 정오 이후에 떨어
뜨린 것이었다. 실제로 그는 오후가 되면 아무렇게나 움직이면
서 슬프게도 잉크 얼룩을 남길 뿐만 아니라 어떤 날은 시끄럽게
굴기까지 했다. 그럴 때에는 그의 얼굴 역시 무연탄 위에서 밝은
불꽃을 내며 타는 착화탄을 무더기로 올려놓은 것처럼 시뻘겋게
타오르는 것이 장관이었다. 그는 의자로 삐거덕거리는 불쾌한
소음을 내기도 하고, 잉크를 말리려고 뿌리는 모래를 담아 둔 통
을 엎지르기도 하고, 펜을 고치다가 조바심을 내면서 산산조각
으로 쪼개 놓고 벌컥 화를 내면서 그 잔해를 바닥에 내던져 버리
기도 했다. 벌떡 일어나 책상 위로 몸을 구부리고 서류들을 정말
아무렇게나 상자에 집어넣기도 했는데 그처럼 나이가 지긋한 사
람의 행동으로는 보기 안쓰러울 정도였다.

그럼에도 불구하고 그는 여러 가지 의미에서 나에게 가장 소
중한 사람이었고, 정오가 되기 전에는 가장 빠릿빠릿하고 믿음
직스럽게 누구도 따라 하기 힘들 정도로 엄청난 양의 업무를 처
리했다. 이런 이유로 나는 그의 괴벽들을 기꺼이 눈감아 주었지
만, 정말이지 가끔은 그에게 충고를 하기도 했다. 하지만 충고를
할 때는 아주 부드럽게 했는데 가장 예의 바르고 호의적인 충고
를 해도 오전에는 가장 온화하고 공손한 사람이었던 그가 오후
에는 자극을 받으면 경솔하게 혀를 놀리는, 아니 실은 건방지게

구는 경향이 있었기 때문이었다. 나는 오전에 그가 제공하는 서비스를 높이 평가하고 그를 놓치지 않겠다고 결심하긴 했지만 12시 이후에 그가 흥분하는 것이 불편했다. 나는 평온한 성정이라 내 훈계에 그가 언짢게 반박하는 것이 내키지 않았다. 나는 어느 토요일(그는 늘 토요일이면 상태가 더 심해졌다) 정오에 결단을 내려 아주 온화하게 이제 그가 나이가 들고 있으니 업무량을 줄이는 것이 좋지 않겠냐고 넌지시 말해 보기로 했다. 요컨대 12시 이후에는 사무실에 있을 필요가 없으며 점심 식사가 끝나면 하숙집으로 돌아가서 오후의 차를 마시는 시간까지 쉬는 것이 좋지 않겠냐는 말이었다. 그러나 그렇게 되지 않았다. 그는 오후에도 열심히 일을 해야 한다고 고집했다. 그는 참아 주기 어려울 정도의 맹렬한 표정으로—방 맞은편을 향해 긴 자를 흔들어 대면서—자신의 오전 업무 내용이 유용하다면 더욱이 오후 업무가 없어서는 안 된다고 웅변조로 나에게 다짐했다.

"변호사님, 감히 말씀드리자면 저는 제가 변호사님의 오른팔이라고 생각합니다. 오전에는 제가 군사 종대를 정렬시켜 배치한다면 오후에는 선두에 서서 용감하게 적을 향해 돌격하는 겁니다. 이렇게요!" 그러더니 그는 자로 맹렬하게 공기를 찔렀다.

"하지만 얼룩이 있잖소, 터키." 내가 넌지시 말했다.

"그건 사실입니다. 하지만 변호사님, 감히 말씀드리자면 이

머리칼을 좀 보십시오! 저는 늙어 가고 있습니다. 설마 따뜻한 오후에 흘리는 얼룩 한두 개 때문에 반백인 사람을 심하게 몰아대려는 건 아니시겠지요, 변호사님? 노령이란—설사 한 쪽 전체를 얼룩지게 만든다고 해도—존중받아 마땅한 겁니다. 감히 말씀드리지만 변호사님, 우리는 둘 다 늙어 가고 있습니다.”

이렇게 동료 의식에 호소하면 거스르기가 거의 불가능하다. 여하튼 간에 나는 그가 먼저 가지 않으리라는 것을 알았다. 그래서 그를 사무실에 남아 있게 하기로 마음을 먹었지만 그래도 오후 동안에는 반드시 덜 중요한 서류만을 다루게 하기로 했다.

명부의 두 번째인 니퍼즈는 구레나룻을 기르고 안색이 병적으로 좋지 않아 전반적으로 해적처럼 보이는 스물다섯 살 정도의 젊은이였다. 나는 늘 그가 두 가지 사악한 힘—야망과 소화불량—의 희생자라고 생각했다. 야망은 필경사의 단순한 임무를 참지 못해 생기는 것으로 법률 문서의 원본 작성처럼 전문적인 업무를 정당치 못하게 침범하려 드는 것이 그 증거였다. 소화불량은 이따금 신경질적으로 퉁명스럽게 굴고 성마르게 이를 드러낼 때 생기는 것 같았는데 그 때문에 필사를 하면서 실수를 범할 때 소리 나게 이를 득득 갈거나, 업무가 한창일 때 쓸데없이 악담을 하면서도 말로 하기보다는 쉿쉿거렸고, 특히 그가 일하는 탁자의 높이에 대한 불만이 끊이지 않았다. 니퍼즈는 굉장히

재간이 많고 도구를 다루는 데 능숙하면서도 결코 탁자를 자신에게 꼭 맞게 고치지 못했다. 나무 쪽과 온갖 받침과 두꺼운 종잇조각들을 받쳐 보았고 마침내는 얼룩진 서류를 접은 조각으로 정교하게 맞춰 보려는 시도까지 했다. 그러나 어떤 방법도 소용이 없었다. 그는 등을 편하게 하려고 탁자의 뚜껑을 턱에 가까워질 만큼 뾰족한 각도로 세우고 네덜란드 주택의 가파른 지붕을 책상으로 쓰는 것처럼 거기서 필사를 하더니, 그렇게 하면 팔에 피가 통하지 않는다고 단언했다. 탁자를 허리춤까지 낮춰서 그 위에 상체를 구부리고 글씨를 쓰면 등이 쑤셨다. 요컨대 문제의 본질은 니퍼즈가 자신이 뭘 원하는지 모른다는 것이었다. 아니, 그가 진짜로 원하는 게 있다면 그것은 필경사의 탁자를 아예 없애 버리는 것이었다.

그의 병적인 야망 표현 중에는 그가 고객이라고 부르는, 초라한 외투를 입은 애매한 특정 부류 사람들의 방문을 좋아하는 기호도 있었다. 실제로 나는 그가 때로 선거구에서 꽤 중요한 정치인일 뿐만 아니라 가끔 치안 재판소에서 약간의 업무를 보기도 했고 툼즈❖의 층계에서도 얼마간 이름이 알려졌다는 것을 알고 있었다. 그러나 나에게는 대단히 거드름을 피우며 그를 찾아온

....

❖ The Tombs, 뉴욕 시 교도소.

어떤 사람이 니퍼즈 본인은 고객이라고 주장했지만 실은 채권자였으며, 부동산 권리 증서라고 주장했던 것이 청구서였다고 믿을 만한 충분한 근거도 있다.

그런 모든 단점과 그가 야기한 불쾌감에도 불구하고 니퍼즈는 동료인 터키처럼 나에게 굉장히 유용한 사람이었다. 그는 손이 빠르고 깔끔했다. 그리고 마음만 먹으면 신사다운 태도를 유감없이 보여 주었다. 게다가 그는 늘 신사답게 옷을 차려입었기 때문에 여담이지만 내 사무실에 신망을 더했다. 터키는 그 반대여서 나는 그가 사무실을 망신 주지 않도록 하기 위해 굉장히 고생해야 했다. 그의 옷은 기름이 묻어 있고 싸구려 식당의 냄새를 풍기기 일쑤였다. 그는 여름에는 바지를 몹시 단정치 못하고 헐렁하게 입었다. 외투는 혐오스러웠고, 모자는 손으로 만질 수 없을 정도였다. 예의 바른 영국인인 그는 사무실에 들어오는 순간 늘 모자를 벗기 때문에 모자는 아무래도 좋았지만 외투는 문제가 달랐다. 나는 외투에 대해 그를 설득했지만 아무런 효과가 없었다. 그의 적은 수입으로는 번쩍거리는 얼굴과 외투를 한꺼번에 뽐낼 수는 없었던 것이 진상이 아닐까 싶다. 언젠가 니퍼즈가 말했던 것처럼 터키의 돈은 주로 싸구려 포도주를 사는 데 들어갔다.

어느 겨울날 나는 터키에게 남부끄럽지 않아 보이는 훌륭한

내 외투 한 벌을 선물했다. 솜을 두어 대단히 편안하고 따뜻한데다 무릎에서 목까지 단추가 잠기는 회색 외투였다. 나는 터키가 내 호의를 고맙게 생각해서 오후의 경솔함과 소란함을 줄이고 자중할 거라 생각했다. 그러나 아니었다. 나는 그렇게 포근하고 담요 같은 외투를 입혀 단추를 채운 것이 그에게 유해한 영향을 줬다고 진실로 믿는다. 귀리를 너무 많이 주면 오히려 말에게 해로운 것과 같은 원리였다. 실제로 경솔하고 반항적인 말이 귀리 때문이라고들 하는 것과 꼭 마찬가지로 터키는 외투의 영향을 받았다. 외투는 그를 편협하게 만들었다. 그는 풍요가 해가 되는 사람이었다.

나는 터키의 방종한 습관에 대해서는 나름대로 짐작하고 있었지만, 니퍼즈에 대해서는 다른 단점이 있건 간에 적어도 술은 삼가는 젊은이라고 충분히 확신했다. 그러나 좀 더 확실히 말하자면 그의 천성 자체가 그에게 술기운을 대주는 주류상과도 같았다. 태어날 때부터 그는 성마르고 브랜디 같은 기질로 충만해서 술을 한 모금도 마실 필요가 없었던 것이었다. 가끔 니퍼즈가 고요한 사무실에서 마치 그를 훼방 놓기라도 하려는 듯이 책상을 갈아 버릴 기세로 험상스럽게 이리저리 움직이고 홱 잡아당기곤 하는 모습을 생각하면, 나는 그에게 물 탄 브랜디가 전혀 필요하지 않다는 사실을 확신한다.

그 기묘한 원인—소화불량—으로 인한 니퍼즈의 짜증과 신경질이 주로 오전에 눈에 띄었고, 오후에는 상대적으로 얌전하게 굴었던 것은 나에게는 다행이었다. 터키의 발작은 열두 시쯤부터 몰려오므로 그들의 기행을 한꺼번에 상대할 필요가 없었던 것이다. 그들은 파수꾼처럼 서로의 발작을 교체했다. 니퍼즈가 발작하면 터키는 진정했고, 그 반대도 마찬가지였다. 이런 상황에서도 자연은 훌륭한 조정자 역할을 했다.

명부의 세 번째에 올라 있는 진저넛은 열두 살 정도 먹은 사내아이였다. 그의 아버지는 죽기 전에 아들이 마부석 대신 판사석에 앉은 모습을 보고야 말겠다는 야심에 찬 짐마차 마부였다. 그래서 그는 아들을 법률을 배우는 학생이자 1주일에 1달러를 받는 심부름꾼이자 청소부로 내 사무실에 보냈다. 진저넛에게도 작은 책상이 있었지만 그는 별로 쓰지 않았다. 검사를 하면 책상 서랍에는 온갖 종류의 견과류 껍데기들이 다량 들어 있었다. 다시 말하자면 이 눈치 빠른 소년에게 법학이라는 훌륭한 학문은 전부 견과류 껍데기 안에 담겨 있었다.

진저넛이 어떤 임무보다 중요하게 여기며 민첩하게 수행하는 업무는 터키와 니퍼즈에게 납작한 빵과 사과를 조달하는 일이었다. 잘 알려져 있듯이 법률 서류들을 필사하는 것은 건조하고 목이 잠기는 일이어서 나의 두 필경사는 세관과 우체국 근처에 들

어선 수많은 노점의 사과로 자주 입을 축이고 싶어 했다. 또 그들은 진저넛에게 독특한—작고 납작하고 둥글며 향신료를 많이 넣은—빵을 자주 사오게 했는데, 그 빵의 이름을 따서 소년에게 진저넛이라는 이름을 붙였다. 일이 지루한 추운 아침이면 터키는 그 빵을 그저 웨하스처럼 수십 개씩이나 게걸스럽게 먹었고—실제로 그 빵은 1페니에 6개나 8개씩 팔았다.—펜이 종이를 긁는 소리가, 바삭한 조각이 그의 입안에서 우두둑우두둑 씹히는 소리와 섞였다. 터키가 오후에 흥분해서 저질렀던 경솔하고 심각한 실수들 중에 한 번은, 생강빵을 입에 물고 침으로 적셔 인장 대신 저당 증서에 찰싹 붙인 적이 있었다. 나는 그때 그를 거의 해고할 뻔했다. 그러나 그는 동양식으로 절을 하더니 "감히 말씀드리지만 변호사님, 변호사님의 문방구를 제가 부담하다니 저는 인심이 좋기도 하지요"라고 말하며 나를 달랬다.

내 원래 업무—재산 양도와 부동산 권리증의 전문가이자 온갖 종류의 난해한 문서를 작성하는—는 판사 보좌관을 맡게 되면서 상당히 늘었다. 이제 필경사들의 일도 대단히 많아졌다. 나는 이미 데리고 있는 직원들을 독촉할뿐더러 추가로 고용인을 구해야 했다. 구인 광고를 낸 후의 어느 아침, 한 젊은이가 여름이라 열어 둔 내 사무실 문턱에 꼼짝도 않고 서 있었다. 나는 지금도 그 모습이 눈에 선하다. 창백할 정도로 말끔하고, 가련할

정도로 점잖고, 구제할 수 없을 정도로 쓸쓸한 그 모습! 그것이 바틀비였다.

나는 그의 자격 요건을 확인하기 위해 몇 마디 말을 나눈 후 그를 고용했고, 내 필경사단에 그렇게 차분한 성격을 가진 사람이 들어오게 되어 기뻤다. 나는 그의 그런 면모가 터키의 미친 듯한 성질과 니퍼즈의 격렬한 성미에 유용하게 작용하리라고 생각했다.

먼저 말을 해두었어야 하는데 내 사무실은 불투명 유리 접이문으로 구분된 두 부분으로 나뉘었다. 한쪽은 내 필경사들이 차지하고 있었고, 다른 한쪽은 내가 차지했다. 나는 기분에 따라 이 문을 열어 놓기도 하고, 닫아 놓기도 했다. 나는 접이문 옆의 한 구석에 바틀비를 배치하되 내 구역 쪽에 두었다. 사소한 일을 해야 할 때 이 조용한 남자를 편하게 부르기 위해서였다. 나는 사무실의 그 부분에 있는 작은 창에 그의 책상을 붙여 놓았다. 원래는 측창 바깥으로 지저분한 뒤뜰과 벽돌이 보였지만 그 후에 세워진 건물 때문에 이제는 아무것도 보이지 않고 빛만 약간 들어왔다. 창유리에서 90센티미터 안쪽에 벽이 있었고, 둥근 천장의 아주 작은 틈 사이에서 나오는 빛이 높다란 두 건물 사이로 떨어졌다. 한층 만족스러운 배치를 위해 나는 키가 높은 초록색 접이식 칸막이를 세워 바틀비를 내 시야에서 완전히 차단하되,

내 목소리는 들릴 수 있게 했다. 이리하여 어느 정도 사생활과 교류를 절충할 수 있었다.

처음에 바틀비는 어마어마한 양의 필사를 했다. 마치 오랫동안 뭔가 필사할 것에 굶주렸던 것처럼 내 서류를 게걸스럽게 해치우는 것처럼 보였다. 소화를 시키기 위해 잠시 쉬는 일도 없었다. 그는 햇빛과 촛불에 의지해 필사를 하면서 밤낮으로 일을 했다. 그가 기분 좋게 근면함을 발휘했다면 나는 그의 헌신이 매우 기꺼웠을 것이다. 그러나 그는 아무 말도 하지 않고 창백하게, 기계적으로 글씨만 계속 썼다.

자기가 필사한 것이 얼마나 정확한지 한 단어, 한 단어씩 확인하는 것은 물론 필경사의 업무에서 필수 불가결한 부분이다. 사무실에 필경사가 두 명 이상 있을 때에는 서로 도와서 검토를 한다. 한 사람은 필사본을 읽고 다른 한 사람은 원본을 붙들고 있는 것이다. 그것은 몹시 지루하고 따분하며 졸리는 일이다. 요컨대 다혈질인 성격에는 견디기 힘든 일이라는 걸 쉽게 상상할 수 있다. 가령 예를 들어, 나는 혈기 왕성한 시인 바이런이 바틀비와 나란히 앉아, 구불구불한 필체로 쓴 500장이나 되는 법률 문서를 달갑게 검토할 것이라고는 믿을 수 없다.

어쩌다 한 번씩 일이 급할 때면 나는 터키나 니퍼즈를 불러 간단한 문서를 검토하게 했다. 바틀비의 자리를 나에게 몹시 편

리한 위치인 칸막이 뒤에 둔 것에는 그런 사소한 경우에 그의 도움을 받기 위한 목적도 있었다. 아마 그가 나와 함께 일하기 시작한 지 사흘째라고 생각하는데, 그때까지는 그가 직접 쓴 것을 검토할 필요가 아직 없었다. 당장 수중에 있는 적은 일거리를 서둘러 끝내야 했던 나는 갑작스레 바틀비를 불렀다. 급한 가운데 당연히 그가 즉시 응할 거라고 생각했던 나는 책상 위로 고개를 수그리고 앉아 바틀비가 자신의 은신처에서 나오자마자 얼른 받아 조금도 지체하지 않고 일을 시작할 수 있게 사본을 든 오른손을 다소 초조하게 옆으로 뻗었다.

바로 이런 자세로 앉아 나는 그를 부르면서 그가 했으면 하는 일—즉 얼마 안 되는 서류를 나와 함께 검토하는 일—을 빠르게 언급했다. 바틀비가 자신의 공간에서 전혀 움직이지 않은 채 대단히 온후하면서도 확고한 목소리로 "하고 싶지 않습니다"라고 말했을 때 내가 얼마나 놀랐을지, 아니 얼마나 경악했을지 상상해 보라.

잠시 동안 나는 아무런 말도 하지 못하고 그냥 앉아 아연해진 정신을 가다듬었다. 곧 내가 잘못 들었거나 바틀비가 내 말뜻을 완전히 오해했다는 생각이 들었다. 나는 할 수 있는 한 가장 분명한 어조로 부탁을 되풀이했다. 그러나 마찬가지로 분명한 어조로 이전과 같은 대답이 돌아왔다. "하고 싶지 않습니다."

"하고 싶지 않습니다?" 그의 대답을 그대로 흉내 내면서 나는 몹시 흥분해서 자리에서 일어나 사무실을 성큼성큼 가로질렀다. "그게 무슨 소리인가? 자네 미쳤나? 나를 도와 여기 이 서류를 비교하란 말일세. 이걸 받아." 나는 서류를 와락 내밀었다.

"하고 싶지 않습니다." 그가 말했다.

나는 굳은 눈으로 그를 노려보았다. 그의 얼굴은 야위어 차분했고, 회색 눈은 어둑하게 평온했다. 흔들리는 기색은 전혀 없었다. 조금이라도 그가 불편해하거나, 화가 났거나, 초조해하거나 무례하게 구는 기색이 있었다면, 즉 어딘가 정상적인 사람 같은 구석이 있었다면 틀림없이 나는 격분해서 그를 해고하고 사무실에서 내쫓았을 것이다. 그러나 실제는 창백한 키케로 흉상을 문밖으로 쫓아낼 생각을 하는 편이 나았다. 계속해서 필사를 하는 그를 나는 한동안 노려보다가 내 책상 앞에 다시 앉았다. 이건 정말 이상하다고 생각했다. 어떻게 하는 게 가장 나을까? 그러나 일이 급했다. 우선 당장은 그 문제를 잊고 나중에 다시 생각해 보자고 결론지었다. 그래서 다른 방에 있는 니퍼를 불러 서류를 신속하게 검토했다.

이 사건이 일어난 며칠 후 바틀비는 긴 문서 네 통을 완성했다. 형평법 고등 법원에서 받아 낸 네 통의 증언 사본이었다. 서류를 꼭 검토해야 했다. 중요한 소송이라 아주 정확하게 처리해

야 했다. 모든 준비를 마친 후 나는 옆방에 있는 터키와 니퍼와 진저넛을 불렀다. 사본 네 통을 직원 네 명의 손에 쥐어 주고 내가 원본을 읽을 생각이었다. 터키와 니퍼와 진저넛이 일렬로 자리에 앉아 각자의 서류를 손에 들었고 나는 이 흥미로운 그룹에 동참하라고 바틀비를 불렀다.

"바틀비! 서둘러. 기다리고 있잖아."

카펫을 깔지 않은 바닥에 의자 다리가 천천히 긁히는 소리가 들렸고, 바틀비가 곧 자기 은신처 입구에 모습을 드러내어 섰다.

"무슨 일이십니까?" 그가 얌전하게 말했다.

"사본 말이야, 사본." 내가 급히 말했다.

"필사본을 검토하려고 하네. 자, 여기." 나는 그에게 네 번째 사본을 내밀었다.

"하고 싶지 않습니다." 그는 말을 하더니 조용히 칸막이 뒤로 사라졌다.

잠시 동안 나는 소금 기둥으로 변해 줄지어 앉은 직원들의 맨 앞에서 꼼짝도 못하고 서 있었다. 나는 정신을 차린 후 칸막이 뒤로 가서 그런 비정상적인 행위에 대한 변명을 요구했다.

"왜 거절하는 건가?"

"하고 싶지 않습니다."

다른 사람이었다면 나는 무섭게 화가 나서 더 이상 말하지 않

고 그를 내 앞에서 수치스럽게 쫓아내 버렸을 것이다. 하지만 바틀비에게는 이상하게 나를 무장해제 시킬 뿐만 아니라 놀라운 방식으로 감동시키고 어쩔 줄 모르게 만드는 구석이 있었다. 나는 다시 그를 설득하기 시작했다.

"우리가 검토하려는 건 바로 자네가 만든 필사본이야. 한 번만 검토하면 네 통이 끝나니 자네의 수고를 덜어 주는 거라고. 보통 그렇게들 해. 필경사들이라면 누구나 자기 필사본을 검토하는 걸 도와야 한단 말이야. 그렇지 않나? 아무 말도 안 할 건가? 대답해!"

"하고 싶지 않습니다." 그는 피리 같은 소리로 대답했다.

내가 그에게 말을 하는 동안 그는 내가 한 말을 전부 신중하게 숙고하고 그 의미를 완전히 이해했으며 불가피하게 부정할 수밖에 없는 결론을 내린 것처럼 보였다. 그러나 동시에 최선으로 고려해야 할 어떤 사항 때문에 그렇게 대답할 수밖에 없는 것처럼 보이기도 했다.

"그러면 자네는 내 요청을, 통상적인 관례와 상식에 따른 내 요청을 따르지 않겠다는 것이로군?"

그는 그 점에 관해 내 판단이 맞다고 간단하게 확인해 주었다. 그랬다. 그의 결정은 번복할 수 없는 것이었다.

사람이 전례 없이 극단적으로 불합리한 방식으로 위협을 당

하면 가장 명백한 믿음조차 동요될 때가 있다. 말하자면 막연하게나마 모든 정의와 이성이 남의 편이라고 생각하게 되는 것이다. 그래서 동요하는 마음을 잡고자 그곳에 있는 이해관계가 없는 사람들에게로 향한다.

"터키." 나는 말했다. "이걸 어떻게 생각하시오? 내가 잘못되었소?"

"감히 말씀드리지만, 변호사님." 터키가 온화하기 이를 데 없는 어조로 말했다. "저는 변호사님이 옳다고 생각합니다."

"니퍼즈." 나는 말했다. "자네는 어떻게 생각하는가?"

"저는 저 사람을 사무실에서 내쫓아야 한다고 생각합니다."

(예리한 독자라면 여기서 오전이라 터키의 대답은 공손하고 조용한 단어를 사용하고 있지만 니퍼즈는 성마른 어조로 대답한다는 점을 눈치챌 것이다. 반복하자면, 니퍼즈는 심술궂은 심기가 작동 중이었고 터키는 꺼져 있었다.)

"진저넛." 가장 작은 찬성표라도 내 편으로 가져오려고 나는 말했다. "너는 어떻게 생각하니?"

"변호사님, 제 생각에는 저 사람은 좀 미쳤어요." 진저넛이 씩 웃으며 대답했다.

"저 사람들이 하는 말을 들었겠지." 나는 칸막이 쪽으로 몸을 돌리며 말했다. "이리 와서 자네의 의무를 다하게나."

그러나 그는 아무런 대답도 하지 않았다. 나는 완전히 당황해서 한동안 묵묵히 생각에 잠겼다. 그러나 또다시 업무가 나를 재촉했다. 다시 한 번 나는 이 딜레마에 대한 숙고를 시간이 날 때까지 미뤄 두기로 했다. 약간 고생스럽긴 했지만 우리는 바틀비 없이 서류를 검토할 수 있었다. 서류 한두 장을 넘길 때마다 터키가 이런 식으로 진행하는 것은 몹시 상식에서 벗어난다는 의견을 공손하게 제기하고, 니퍼즈는 소화불량으로 인한 신경과민으로 계속 의자에서 몸을 비틀어 대면서 가끔 칸막이 뒤의 꽉 막힌 멍청이에게 저주의 말을 내뱉으며 이를 갈긴 했지만 말이다. 니퍼즈로서는 돈을 받지 않고 다른 사람의 일을 해준 것은 이번이 처음이자 마지막이었다.

한편 바틀비는 자신의 일 말고는 아무것도 염두에 두지 않고 은신처에 그대로 앉아 있었다.

그 필경사가 다른 긴 업무를 받은 후 며칠이 지났다. 최근에 그가 보인 기묘한 행동 때문에 나는 그의 습관을 면밀하게 눈여겨보았다. 나는 그가 식사를 하러 나가는 법이 없다는 것을 알게 되었다. 사실 그는 어디에도 나가는 법이 없었다. 나만 모르는지 아직 그가 사무실 바깥에 있는 모습을 본 적이 없었다. 그는 사무실 구석에 박혀 만년 보초병 노릇을 했다. 그래도 오전 11시가 되면 내 자리에서는 보이지 않는 손짓에 조용히 부름을 받고 진

저녁이 바틀비의 칸막이 입구로 다가가는 것을 나는 눈치챘다. 그 후 소년은 몇 펜스를 짤랑거리며 사무실을 나갔다가 생강빵을 한 손 가득 가지고 다시 나타나 은신처로 전달하고 빵 두 개를 수고비로 받아 가곤 했다.

그렇다면 생강빵을 먹고 사는군, 나는 생각했다. 정확히 말하자면 제대로 된 식사를 하지 않는 거지. 그렇다면 채식주의자가 분명해. 하지만 그것도 아냐. 채소도 먹지 않는걸. 먹는 것이라곤 오직 생강빵뿐이야. 나는 생강빵만 먹고 사는 것이 인간의 기질에 어떤 영향을 미칠까 하는 공상에 빠졌다. 생강빵이 생강빵이라고 불리는 것은 특징적인 구성요소이자 최종적으로 맛을 내는 요소로 생강이 들어가기 때문이야. 자 그러면 생강이란 무엇인가? 맵고 자극적인 것이지. 바틀비가 맵고 자극적이었던가? 전혀 그렇지 않아. 그렇다면 생강은 바틀비에게 아무런 영향도 끼치지 않았어. 아마 그도 생강에서 어떤 영향을 받고 싶진 않았을 것이다.

수동적인 저항만큼 성실한 사람을 화나게 하는 것은 없다. 저항을 당하는 사람이 몰인정한 기질이 아니고 저항하는 사람이 완벽하게 무해하고 수동적이라면, 전자는 기분이 좋을 때 자신이 이해하기 어려운 부분을 상상력으로 관대하게 해석하려 노력할 것이다. 대부분 나는 바틀비와 그의 습관을 그렇게 보았다.

불쌍한 녀석! 나는 생각했다. 못되게 굴려는 게 아니야. 그에게 악의가 없음은 분명했다. 괴벽스러운 행동이 무의식적인 것임은 그의 표정에서 충분히 드러났다. 그는 나에게 유용해. 나는 그와 잘 지낼 수 있어. 내가 그를 내쫓는다면 그는 나보다 덜 관대한 고용주에게 걸려 거칠게 다뤄지다 불쌍하게 쫓겨나 굶어 죽게 될 가능성이 높아. 그래. 나는 싼값에 즐거운 자기 긍정을 살 수 있어. 바틀비의 편을 들고 그의 이상한 고집을 너그럽게 봐준다 해도 내가 지불해야 할 비용은 거의 없다시피 하지만 내 영혼에 는 장차 양심에 달콤한 양식이 쌓이는 거야. 그러나 늘 이런 기 분이었던 것은 아니었다. 때로 바틀비의 수동성은 나를 짜증나 게 했다. 나는 그와 새로이 맞서 나 자신의 분노에 상응하는 분 노의 불꽃을 그에게서도 이끌어 내고 싶은 기묘한 충동을 느꼈 다. 차라리 윈저 비누 조각에 손가락 관절을 부딪쳐 불을 붙이려 고 하는 편이 나았을 것이다. 그러나 어느 날 오후, 내 안의 악마 적인 충동이 나를 사로잡았고 결국 사건이 일어났다.

"바틀비." 나는 말했다.

"그 서류들의 필사가 끝나면 내가 자네와 함께 대조해 보겠 네."

"하고 싶지 않습니다."

"뭐라고? 그런 고집불통의 입장을 계속 우길 생각은 아니겠

지?"

대답이 없었다.

나는 옆에 있는 접이문을 밀어 열고 터키와 니퍼즈를 돌아보며 흥분된 어조로 외쳤다.

"그가 또 자기 서류를 검토하지 않겠다는군. 터키, 이걸 어떻게 생각하시오?"

그때가 오후였던 것을 잊지 말아야 한다. 터키는 놋쇠 보일러처럼 벌겋게 달아오른 채 앉아 있었다. 벗어진 머리에서 김이 모락모락 났고 손은 얼룩진 서류들 사이를 어지럽게 헤맸다.

"그걸 어떻게 생각하냐고요?" 터키가 으르렁거렸다. "당장 그 칸막이 뒤로 들어가 바틀비가 정신을 차리도록 눈을 시꺼멓게 멍들게 해주겠습니다!"

그렇게 말하면서 터키는 벌떡 일어나 양팔을 휘두르며 권투 선수처럼 자세를 잡았다. 그가 자신의 말을 행동으로 옮기려 서두르자 나는 점심 이후 터키의 호전성을 부주의하게 자극했다는 생각에 그를 붙잡았다.

"자리에 앉아요, 터키." 내가 말했다. "니퍼즈의 의견도 들어봐야지. 니퍼즈, 자네는 이걸 어떻게 생각하나? 바틀비를 당장 해고하는 것이 정당하지 않을까?"

"실례지만 그건 변호사님이 결정하실 일입니다. 바틀비의 행

동이 몹시 유별나고 실제로 터키와 저의 입장을 고려하면 불공평하다고 생각합니다. 그렇지만 그냥 지나가는 변덕일 수도 있겠지요."

"아." 나는 큰 소리로 말했다. "그렇다면 이상하게도 자네는 마음을 바꿨군. 전과 달리 그에 대해 몹시 점잖게 이야기하는데."

"전부 맥주 덕이죠." 터키가 외쳤다. "점잖은 것은 맥주의 효과랍니다. 니퍼즈랑 오늘 식사를 함께 했거든요. 변호사님, 제가 얼마나 점잖은지도 보여 드리겠습니다. 가서 그의 눈을 멍들게 해도 될까요?"

"바틀비를 말하는 거라면 안 됩니다, 터키. 오늘은 안 돼요." 내가 대꾸했다. "제발 주먹을 내려요."

나는 문을 닫고 다시 바틀비에게 다가갔다. 운명을 재촉하고 픈 유혹이 또다시 느껴졌다. 다시 한 번 저항을 받고 싶은 충동이 불처럼 일었다. 나는 바틀비가 결코 사무실에서 나가지 않는다는 것을 떠올렸다.

"바틀비." 내가 말했다. "진저넛이 없군. 자네가 우체국에 들러 나한테 온 우편물이 있는지 보고 와 주겠나? (우체국은 걸어서 겨우 삼 분 거리였다.)"

"하고 싶지 않습니다."

“하지 않겠다고?”

“하고 싶지 않습니다.”

나는 비틀거리며 책상으로 돌아와 앉아서 깊은 생각에 빠졌다. 맹목적인 고집이 다시 찾아들었다. 야위고 돈 한 푼 없는, 내가 고용한 사무원에게 굴욕스럽게 거부당할 수 있는 방법에 또 무엇이 있을까? 완벽하게 합리적이면서도 그가 거절할 것이 분명한 일이 있을까?

“바틀비!”

대답이 없었다.

“바틀비!” 더 크게 불렀다.

대답이 없었다.

“바틀비!” 나는 고함을 쳤다.

마법 주문의 법칙에 따라 세 번 부르면 나타나는 유령처럼 그가 자신의 은신처 입구에 모습을 드러냈다.

“옆방으로 가서 니퍼즈에게 내게 오라고 해.”

“하고 싶지 않습니다.” 그는 공손하고 느릿하게 말하더니 조용히 사라졌다.

“좋네, 바틀비.” 나는 고요하고 엄숙하고 냉정한 어조로 당장이라도 무서운 복수를 하겠다는 불굴의 결심을 공표했다. 그 순간은 그런 종류의 복수를 반쯤 마음먹었다. 그러나 식사 시간이

가까워지면서 오늘은 마음의 고뇌가 컸고 몹시 당황했으니 이제 그만 모자를 쓰고 집까지 걸어가는 것이 최선이 아닐까 하는 생각이 들었다.

인정해야 할까? 이 모든 일의 결론은 바틀비라는 이름을 가진 창백한 필경사가 내 사무실에 책상을 갖게 되었다는 것, 2절지(100단어)당 4센트의 통상적인 임금을 받고 필사를 한다는 것, 그러나 자신이 필사한 사본을 검토하는 작업은 영구적으로 면제를 받고 그 작업을 터키와 니퍼즈에게 훨씬 정확하다는 칭찬과 함께 전가하며 가장 사소한 것이라도 종류를 불문하고 어떤 심부름도 결코 하지 않는다는 것, 설사 그런 문제를 맡아 달라는 간청을 받더라도 그가 하고 싶지 않을 것을, 다시 말해 그가 정면으로 거절할 것을 모두가 알고 있으며 이 사무실에서 기정사실이 되었다는 것을 말이다.

시간이 지나면서 나는 바틀비와 상당히 화해하게 되었다. 그의 견실함, 전혀 방탕하지 않은 점, 부단한 근면성(그가 칸막이 뒤에 선 채 공상에 젖을 때를 제외하고), 대단한 고요함, 어떤 상황에서도 한결같은 태도는 값진 덕목이었다. 가장 중요한 점은 그가 늘 사무실에 있다는 것이었다. 아침에 가장 먼저 오고 하루 종일 한결같이 자리를 지켰으며 밤에는 가장 늦게까지 있었다. 나는 그의 정직성을 각별히 신뢰했다. 가장 중요한 서류도 그의 손에

있으면 완전히 안전하다고 느꼈다. 물론 그에게 별안간 발작적으로 화를 내는 일도 가끔은 있었다. 내 사무실에서 바틀비가 가지는 암묵적인 조건들을 이루는 괴벽과 특권, 그리고 전례가 없는 예외들을 늘 염두에 두기란 너무 어려웠기 때문이었다. 가끔 급한 일을 처리하고 싶은 마음에 나는 무심코 급한 어조로 바틀비를 부르곤 했다. 가령 서류를 빨간 테이프로 묶으면서 첫 매듭을 도와 달라고 하는 경우. 물론 칸막이 뒤에서 평상시와 같은 대답이 돌아왔다.

"하고 싶지 않습니다."

그러면 본성적인 결함을 지닌 인간으로서 어떻게 그런 괴팍함, 그런 불합리한 태도에 통렬하게 고함을 지르지 않을 수 있겠는가? 그러나 이런 종류의 일이 반복될 때마다 내가 그런 행동을 다시 할 확률은 대체로 줄어들 수밖에 없었다.

이쯤에서 인구 밀도가 높은 법무 건물에 있는 법률 사무실이 대개 그렇듯 내 사무실 문에도 열쇠가 여러 개 있었다는 점을 말해 두어야겠다. 그중 하나는 다락방에 살면서 매일 내 방의 먼지를 털고 일주일에 한 번 걸레질을 하는 여자가 가지고 있었다. 다른 열쇠는 편의상 터키가 가지고 있었고 세 번째 열쇠는 가끔 내가 주머니에 가지고 다녔다. 네 번째 열쇠는 누가 가지고 있는지 몰랐다.

그런데 어느 일요일 오전, 나는 우연히 유명한 전도사의 설교를 들으러 트리니티 교회에 가던 중 시작 시간까지 시간이 남아 잠시 사무실까지 산책할까 싶었다. 다행히 열쇠를 가지고 있었지만 막상 자물쇠에 넣으니 안에 뭔가를 막아 두어 열쇠가 돌아가지 않았다. 내가 몹시 놀라 소리치자 경악스럽게도 열쇠가 안에서 돌아가더니 여윈 얼굴이 내 앞에 쓱 나타났다. 열린 문을 붙잡은 바틀비의 유령은 셔츠, 아니 넝마 같은 단정치 못한 것을 걸치고 나타나 어떤 일을 한창 하던 중이라며 지금은 내가 들어오지 않는 게 좋겠다고 말했다. 더욱이 그는 내가 그 주변을 두세 바퀴 돌고 오는 게 좋겠으며, 그때쯤이면 자기도 볼 일을 다 끝낼 것이라고 간단히 한두 마디를 덧붙이기까지 했다.

일요일 아침에 내 사무소를 점유한 바틀비의 전혀 예기치 못한 모습, 송장 같으면서도 신사답고 태연한 동시에 침착하고 확고한 그 모습에 나는 몹시 기이한 영향을 받았다. 나는 즉시 사무실에서 물러나 그가 바라는 대로 했다. 그러나 이 기묘한 필경사의 온화한 뻔뻔함에 무기력하게 반발하면서도 갖가지 고민이 없지 않았다. 사실 그의 놀라운 온화함이야말로 나를 무장해제시켰을 뿐만 아니라 말하자면 내 남자다움을 사라지게 한 주된 요인이었다. 자신이 고용한 사무원의 지시를 받고 자신의 사무실에서 나가라는 명령을 받아들이는 사람이 있다면 그는 남자다

움을 잃어버린 것이나 마찬가지라고 생각했기 때문이다. 게다가 바틀비가 셔츠 바람으로, 아니 옷을 벗은 것이나 다름없는 차림으로 일요일 아침에 내 사무실에서 무슨 일을 한 것인지를 생각하니 나는 거북하기 짝이 없었다. 뭔가 잘못된 일이 일어나고 있는 걸까? 아니야, 그건 불가능한 일이야. 바틀비가 부도덕한 인물이라고는 한순간도 생각할 수 없어. 그럼 거기서 무얼 하고 있는 거지? 필사? 그것도 아냐. 바틀비가 몹시 괴벽스럽긴 해도 그는 대단히 단정한 사람이야. 절대로 벌거벗은 거나 마찬가지인 상태로 책상 앞에 앉지는 않을 거야. 게다가 오늘은 일요일이잖아. 그가 세속적인 일로 안식일을 어길 것이라곤 생각할 수 없어. 바틀비에게는 그렇게 믿게 만드는 구석이 있잖아.

그럼에도 불구하고 내 마음은 평화로워지지 않았고 마침내 나는 억제할 수 없는 호기심으로 가득 차 사무실로 돌아갔다. 나는 아무런 방해도 받지 않고 열쇠를 꽂아 문을 열고 들어갔다. 바틀비는 보이지 않았다. 나는 근심스럽게 주변을 둘러보고 칸막이 뒤쪽까지 들여다보았으나 그는 없는 것이 분명했다. 다시 한 번 찬찬히 둘러보니 언제부터인지 그가 내 사무실에서 먹고 입고 잠을 잤으며 접시도, 거울도, 침대도 없이 지냈다는 생각이 들었다. 구석에 있는 낡은 소파의 쿠션에는 여윈 몸이 누웠던 흔적이 희미하게 남아 있었다. 나는 그의 책상 아래에서 담요 한

장을, 텅 빈 난로 아래에서 검정 구두약 상자와 솔을, 의자 위에서 양철 대야와 비누와 누더기 수건을, 신문지 속에서 생강빵 부스러기와 치즈 한 조각을 발견했다. 그래. 나는 생각했다. 바틀비가 이곳을 집으로 삼아 독신자 생활을 영위한 게 분명하군. 비참한 외로움과 고독이 여기서 드러나는구나 하는 생각이 즉각 나를 스쳤다. 궁핍도 보통이 아니지만 얼마나 무섭게 고독했을까! 생각해 보라. 일요일이 되면 월스트리트는 페트라❖처럼 인적이 끊기고 매일 밤이 되면 텅 빈다. 이 건물도 주중에는 사람들이 북적대지만 해질 녘이면 완전히 텅 비고 일요일 내내 버림을 받는다. 그런데 바틀비는 이곳을 집으로 삼아 사람들로 붐비던 곳이 쓸쓸해지는 모습을 혼자서 지켜보는 것이다. 카르타고의 폐허에서 생각에 잠긴 마리우스가 무해하게 변형된 모습 같았다.❖❖

난생처음으로 압도적인 우수가 나를 사로잡았다. 지금까지의 나는 불쾌하지 않은 슬픔을 겪은 것이 다였다. 이제 보편적인 인류에 대한 유대감이 나를 저항할 수 없이 어두운 우수로 끌어들

❖ 요르단 남부에 위치한 고대 도시로 수많은 무덤 유적으로 유명하다. 기원전 · 후 교통의 요충지였으며 나바테아 왕국의 수도로 번영했다가 106년 로마 제국에 멸망했다.
❖❖❖ 고대 페니키아 인이 북아프리카의 튀니지에 세운 식민 도시. 기원전 6세기에 서지중해의 무역을 장악해 번영했으나 포에니 전쟁에서 패하여 로마의 속주가 되었다.

였다. 형제애 같은 우수! 나와 바틀비는 모두 아담의 자손이었다. 나는 그날 보았던 산뜻한 비단옷과 빛나는 얼굴들을 떠올렸다. 나들이옷을 잘 차려입고 브로드웨이라는 미시시피 강을 백조처럼 헤엄치듯 나아가던 사람들. 나는 그들을 창백한 필경사와 대조해 보고 생각했다. 아, 행복이 빛을 드리우면 우리는 세상이 즐겁다고 생각한다. 불행은 멀리 숨어 있어서 우리는 불행이 없다고 생각한다. 이런 슬픈 공상들—의심할 여지가 없이 병들고 어리석은 두뇌의 망상—은 바틀비의 괴벽스러운 행동들에 대한 좀 더 특수한 생각들로 이어졌다. 이상한 발견을 할 것 같다는 예감이 내 주위를 맴돌았다. 내게는 필경사의 창백한 모습이 무관심한 낯선 사람들 사이에서 떨리는 수의에 싸인 채 관에 들어갈 준비가 끝난 것처럼 보였다.

갑자기 나는 바틀비의 닫힌 책상에 눈길을 빼앗겼다. 자물쇠에는 열쇠가 꽂힌 채 열려 있었다.

나는 나쁜 짓을 하거나 비열한 호기심을 충족하려는 게 아니야, 나는 생각했다. 게다가 저 책상은 내 것이고 안에 든 것도 마찬가지니까 대담하게 안을 들여다보겠어. 모든 것이 체계적으로 잘 정리되어 있었고 서류들도 제자리에 있었다. 정리함은 깊어서 서류 뭉치들을 꺼내면서 깊숙한 곳을 손으로 더듬어 보았다. 곧 뭔가가 느껴져서 그것을 꺼냈다. 홀치기 염색을 한 큰 손

수건이 뭔가 무거운 것을 싸고 있었다. 매듭을 풀어 보니 저금통이었다.

나는 지금까지 그에게서 느꼈던 모든 수수께끼들을 떠올려 보았다. 그가 대답을 제외하고는 아무런 말도 하지 않았고, 혼자만의 시간을 상당히 보내면서 책이나 신문을 읽는 것조차 본 적이 없었으며, 칸막이 뒤의 어슴푸레한 창가에 서서 오랫동안 벽돌 벽을 내다보곤 했던 것이 기억났다. 그가 휴게실이나 식당을 간 적이 전혀 없는 것은 분명했다. 창백한 얼굴로 보건대 터키처럼 맥주를 마시거나 다른 사람들처럼 차나 커피를 마신 적도 전혀 없었고, 내가 아는 한 그 어떤 특정 장소에도 간 적이 없었다. 실제로 지금 같은 경우를 제외하고는 산책도 간 적이 없었고, 자신의 과거나 출신지나 세상에 어떤 친척이라도 있는지 언급하기를 거부했으며, 그렇게 마르고 창백하면서도 건강이 나쁘다고 투덜거린 적조차 없었다. 무엇보다 그에게는 무의식적인 어떤 창백한 분위기—그걸 뭐라고 해야 할까?—창백한 오만함이랄까, 아니 그보다 금욕적인 자제심 같은 구석이 있어서 괴벽스러운 행동으로 나를 길들여 그에게 순응하게 만들었다. 오랫동안 아무런 움직임이 없는 것으로 보아 칸막이 뒤에서 벽을 마주하고 공상에 빠져 있는 게 분명한데도 나는 아무리 사소한 것이라도 그에게 요청하기를 두려워했던 것이다.

이 모든 것들이 생각나면서 그가 지속적으로 내 사무실을 자신의 거처로 삼고 있었다는, 방금 전에 발견한 사실과 그의 병적인 침울함까지 떠오르자 신중해야 한다는 생각이 나를 엄습했다. 처음의 느낌은 가장 진실한 동정과 순수한 우수였지만 바틀비의 외로움이 내 상상 속에서 자라나면서 우수는 두려움으로, 동정은 거부감으로 바뀌었다. 어느 정도까지는 비참한 모습을 생각하거나 볼 때면 애정이 우러나오지만 그 정도를 넘어서면 그렇지 않게 된다는 것은 끔찍한 진실이다. 이를 늘 인간의 타고난 이기심 때문이라고 주장하는 것은 옳지 않다. 오히려 과도하고 기질적인 병은 치료할 가망이 없다는 절망에서 나오는 것이다. 예민한 사람에게 동정은 고통이 되는 경우가 종종 있다. 마침내 그런 동정으로 효과적인 구원에 이를 수 없다는 것을 인지하게 되면 상식은 영혼에게 동정심을 버리라고 명령한다. 그날 아침에 본 모습으로 나는 필경사가 선천적이고 치유할 수 없는 질병의 희생자임을 납득했다. 그의 육체에는 내가 자선을 베풀 수 있겠지만 그를 괴롭히는 것은 육체가 아니었다. 고통받는 것은 그의 영혼이었으며, 그의 영혼에 나는 닿을 수 없었다.

나는 결국 트리니티 교회에 가려는 목적을 달성하지 못했다. 아무래도 그날 본 것들 때문에 당분간 교회에 갈 자격이 없어진 것 같았다. 나는 집 쪽으로 걸으면서 바틀비를 어떻게 해야 할지

생각했다. 마침내 나는 결심했다. 내일 아침 조용히 질문을 던져 그의 과거 등을 물어보고 그가 솔직하고 스스럼없는 대답을 거부한다면(나는 그가 그러고 싶지 않아 할 것이라고 짐작했다) 얼마가 되었건 내가 지불해야 할 금액에 20달러짜리 지폐 한 장을 얹어 주면서 이제 그의 수고가 필요 없으나 다른 일에 내 도움이 필요하면, 특히 고향이 어디가 되었든 돌아가고 싶다면 기꺼이 비용을 지불해 주겠다고 말할 것이다. 더욱이 집에 돌아간 후 언제라도 도움이 필요하거든 편지를 보내면 꼭 답장을 하겠다고 말할 것이다.

다음 날 아침이 왔다.

"바틀비." 나는 칸막이 뒤의 그를 부드럽게 불렀다.

대답이 없었다.

"바틀비." 나는 좀 더 부드러운 어조로 그를 불렀다. "이리 오게. 자네가 하고 싶지 않은 일을 시키려는 게 아니야. 그저 자네와 이야기를 하고 싶네."

이 말에 그는 아무런 소리도 없이 모습을 드러냈다.

"나에게 말해 주겠나, 바틀비? 자네 고향이 어디지?"

"하고 싶지 않습니다."

"무엇이라도 자네 자신에 대해 말해 주겠나?"

"하고 싶지 않습니다."

"그렇다면 나와 이야기하는 걸 거절할 만한 합당한 이유가 있나? 나는 자네와 친근하다고 생각했는데."

그는 내가 말하는 동안 나를 보지 않고 내가 앉은 자리의 바로 뒤, 내 머리 위 15센티미터쯤에 있는 키케로 흉상에 시선을 고정하고 있었다.

"자네 대답은 뭔가, 바틀비?" 한동안 대답을 기다린 후 내가 말했다. 그러는 동안 그 빛바래고 가는 입이 몹시 희미하게 떨렸을 뿐 그의 표정은 전혀 바뀌지 않았다.

"지금은 아무런 대답도 하고 싶지 않습니다." 그는 대답하더니 은신처로 돌아가 버렸다.

고백하건대 나는 상당히 심약해서 이번에도 그의 태도는 나를 화나게 했다. 그의 태도에는 조용한 경멸이 숨어 있는 듯 보이기도 했지만 그가 나에게서 받은 부정할 수 없이 좋은 대우와 관대함을 고려하면 그 괴팍한 고집은 배은망덕해 보였다.

나는 자리에 앉아 다시 어떻게 해야 할지를 심사숙고했다. 그의 행동에 굴욕을 느꼈고 사무실에 들어서면서 그를 해고하기로 결심했으면서도 이상하게 미신적인 무언가가 심장을 두드려 내 뜻대로 하지 못하게 했고, 가장 고독한 이 인간에게 쓴 말을 한마디라도 내뱉는다면 나를 악당이라고 비난할 것 같은 느낌이 들었다.

마침내 그의 칸막이 뒤로 의자를 끌어다 앉으면서 나는 친근하게 말했다. "바틀비, 그러면 자네의 과거를 밝히는 문제는 신경 쓰지 말게. 하지만 자네에게 친구로서 간청하는데 이 사무실의 관습에 가능한 한 따라 주게. 내일이나 모레는 서류 검토를 돕겠다고 말해 줘. 한마디로 하루나 이틀 후에는 좀 더 합리적으로 굴기 시작하겠다고 지금 말해 줘. 그렇게 말해 줘, 바틀비."

"지금은 좀 더 합리적으로 굴고 싶지 않습니다." 그것이 그의 송장 같은 답변이었다.

바로 그 순간 접이문이 열리더니 니퍼즈가 다가왔다. 그는 다른 때보다 심한 소화불량으로 밤잠을 유별나게 설쳐 고통스러운 모양이었다. 그가 바틀비의 마지막 말을 엿들었던 것이다.

"하고 싶지 않다고, 응?" 니퍼즈가 이를 갈았다. "제가 변호사님이라면 이놈이 하고 싶어지게 만들겠습니다." 그는 나에게 말했다. "하고 싶어지게 만들고 말고요. 내가 하고 싶게 해주지, 이 고집 센 노새야! 변호사님, 이놈이 지금 하고 싶지 않다는 게 뭡니까?"

바틀비는 꿈쩍도 하지 않았다.

"니퍼즈 씨." 내가 말했다. "지금은 자네가 빠져 줬으면 싶은데."

어째서인지 최근 나는 무의식적으로 '싶다'는 말을 정확히

들어맞지 않은 온갖 경우에도 사용했다. 필경사와의 접촉에서 내가 이미 정신적으로 심각한 영향을 받았다는 생각에 온몸이 떨렸다. 아직은 아니라도 앞으로 더 심한 이상 증세가 나타날 수 있지 않을까? 이런 염려는 즉각적인 조치를 취해야겠다는 결심을 하게 만드는 효과를 가져왔다.

니퍼즈가 아주 심술궂고 골이 난 모습으로 나가자 터키가 온화하고 공손하게 다가왔다.

"감히 말씀드리지만, 변호사님." 그가 말했다. "어제 제가 여기, 이 바틀비에 대해 생각을 해봤는데 말입니다. 그가 매일 좋은 맥주를 1리터씩 마시고 싶어 하게 된다면 태도를 고치는 데 크게 도움이 되고 서류 검토도 돕고 싶게 할 수 있을 겁니다."

"그래요, 당신도 그 단어를 쓰게 되었군요." 나는 약간 흥분해서 말했다.

"감히 말씀드리지만, 변호사님, 어떤 단어를 말씀하시는지요?" 터키가 공손히 칸막이 뒤의 비좁은 공간으로 밀고 들어오느라 나를 그 필경사에게로 떠밀며 물었다. "어떤 단어를 말씀하시는지요, 변호사님?"

"여기에 혼자 있고 싶습니다." 바틀비가 자신의 은신처에 사람들이 몰려들어 기분이 상한 듯 말했다.

"바로 저 단어 말이오, 터키." 내가 말했다. "바로 저거 말입

니다.”

“아, ‘싫은’ 이라는 단어요? 맞아요, 그렇습니다. 수상한 단어지요. 저는 절대로 쓰지 않습니다. 그렇지만 변호사님, 말씀드렸던 것처럼 그가 마시고 싶어 하게 되기만 한다면…….”

“터키.” 내가 끼어들었다. “제발 물러나요.”

“아, 물론이지요, 변호사님. 변호사님이 제가 물러났으면 싫으시다면 당연히 그래야죠.”

그가 물러나기 위해 접이문을 열었을 때 책상 앞에 앉은 니퍼즈가 내 눈길을 붙들더니 푸른 종이와 하얀 종이 중 어느 쪽에 필사했으면 싫은지 물었다. ‘싫은’ 이라는 단어를 말할 때 그에게 조금이라도 장난치려는 기색은 없었다. 무심코 그의 입에서 나온 게 분명했다. 나는 생각했다. 저 미친놈을 꼭 내쫓아야 해. 나와 사무원들의 생각은 몰라도 말을 벌써 어느 정도 바꿔 놓았잖아. 그러나 나는 즉시 해고를 시키는 것은 신중치 못하다고 생각했다.

다음 날 나는 바틀비가 아무것도 하지 않고 공상에 잠긴 채 창가에 서 있는 것을 알아차렸다. 왜 필사를 하지 않는지 묻자 그는 더 이상 필사를 하지 않기로 결정했다고 말했다.

“아니, 지금은 왜? 다음에는 또 뭔가?” 나는 고함을 질렀다. “더 이상 필사를 하지 않겠다고?”

“더 이상 하지 않습니다.”

“이유가 뭔가?”

“변호사님은 그 이유를 모르시겠습니까?” 그가 냉담하게 대꾸했다.

나는 뚫어지게 그를 보고, 그의 눈이 흐릿해진 것을 알아차렸다. 그가 나와 함께 일하게 된 처음 몇 주 동안 어둠침침한 창가에서 전례가 없을 정도로 근면하게 필사했던 것이 일시적으로 그의 시력을 상하게 했을지 모른다는 생각이 들었다.

나는 감동을 받고 그에게 위로의 말을 전했다. 물론 한동안 필사를 하지 않는 것이 현명하겠다는 말을 넌지시 비추고 이번 기회에 실외로 나가 건강에 좋은 운동을 하라고 열심히 권했다. 그러나 그는 그렇게 하지 않았다. 이 사건으로부터 며칠이 지난 후 다른 사무원들이 결근했고 어떤 편지들을 급하게 우편으로 보내야 할 일이 생기자 나는 바틀비가 달리 하고 있는 일이 없으니 다른 때보다 융통성을 발휘해서 이 편지들을 우체국에 가져다줄 수 있겠다는 생각이 들었다. 그러나 그는 딱 잘라서 거부했다. 그래서 몹시 불편하게도 내가 직접 갔다.

또 며칠이 지났다. 바틀비의 눈이 나아졌는지, 아닌지 나는 알 수가 없었다. 겉으로 보기에는 나아진 것 같았다. 하지만 눈이 나아졌는지 묻자 그는 아무런 대답도 하지 않았다. 어쨌거나

그는 더 이상 필사를 하려 하지 않았다. 내가 자꾸 재촉하자 마침내 그는 영구적으로 필사를 그만두었다고 나에게 알렸다.

"뭐라고!" 나는 고함을 질렀다. "자네 눈이 완전히 나아도—전보다 훨씬 좋아지면—필사를 하지 않을 텐가?"

"저는 필사를 그만두었습니다." 그는 대답을 하더니 슬며시 옆으로 움직였다.

그는 늘 그랬듯이 내 방에 붙박이 비품처럼 남아 있었다. 아니, 그게 가능하다면 말이지만, 그는 전보다 더 붙박이가 되었다. 어떻게 해야 할까? 그는 사무실에서 아무런 일도 하려 하지 않았다. 그렇다면 왜 그가 사무실에 있어야 하겠는가? 그는 이제 분명히 목걸이로 쓸 수 없을 뿐 아니라 참아 주기 괴로운 무거운 맷돌이 되었다. 그래도 나는 그가 가엾게 여겨졌다. 가끔 나를 불편하게 만든 게 전적으로 그의 책임이라고 할 수는 없었다. 친척이나 친구라고 부를 만한 사람이 그에게 하나라도 있었다면 나는 즉시 편지를 써서 저 불쌍한 녀석을 편한 은신처로 데려가 달라고 재촉했을 것이다. 그러나 그는 혼자, 대서양 한가운데 있는 난파선 한 조각처럼 우주 전체에서 완전히 홀몸인 듯했다. 마침내 다른 모든 고려 사항보다 내 업무로 인한 필요를 우선해야 하는 상황이 생겼다. 나는 가능한 한 점잖게 엿새 안에 무조건 사무실을 떠나 달라고 그에게 말했다. 그 사이에 다른 주거지를

얼으라고 그에게 경고했다. 이런 노력의 일환으로 나는 그가 떠나기 위한 준비를 시작하면 돕겠다고 제안했다.

"그리고 자네가 최종적으로 나를 떠날 때 말일세, 바틀비." 나는 덧붙였다. "자네가 완전히 빈 몸으로 가게 하진 않겠네. 명심하게. 이 시간으로부터 엿새야."

그 기간이 지나 칸막이 뒤를 들여다보니 보라! 바틀비가 거기 있었다.

나는 외투의 단추를 끝까지 채우고 몸의 균형을 잡은 후 천천히 그에게 다가가서 어깨를 건드리며 말했다. "이제 시간이 되었네. 자네는 여길 떠나야 해. 유감이야. 여기 돈이 있네. 하지만 자네는 가야 해."

"그러고 싶지 않습니다." 그는 여전히 내게 등을 돌린 채 말했다.

"자네는 그렇게 해야 해."

그는 아무 말도 하지 않았다.

당시 나는 이 남자의 정직성에 무한한 신뢰를 가지고 있었다. 나는 잔돈 문제에 경솔한 경향이 있어 부주의하게 6펜스와 1실링짜리 은화를 바닥에 떨어뜨리곤 했다. 그는 그 동전들을 자주 나에게 돌려줬다. 그렇기에 그 뒤를 이은 조치는 특별히 생각하지 않았다.

"바틀비." 내가 말했다. "내가 자네에게 줘야 할 돈이 12달러일세. 여기 32달러가 있네. 나머지 20달러는 자네 거야. 이걸 가져가게." 그리고 나는 지폐를 그에게 내밀었다.

그러나 그는 아무런 움직임도 보이지 않았다.

"그러면 여기 두고 가겠네." 지폐를 책상에 있는 문진 아래에 놓았다. 그런 다음 모자와 지팡이를 가지고 문으로 간 나는 차분하게 고개를 돌리고 덧붙였다. "바틀비, 사무실에서 자네 물건들을 모두 옮긴 다음 당연히 문을 잠그겠지. 지금은 모두 퇴근하고 자네만 남았으니 열쇠는 매트 아래에 넣어 두면 아침에 내가 가져가겠네. 자네를 다시는 보지 못하겠군. 그러니 잘 가게. 새로 이사한 거처에서 내 도움이 필요한 일이 생기면 꼭 편지로 알리게. 잘 가게, 바틀비. 앞으로 잘 지내게나."

그러나 그는 한마디도 대답하지 않았다. 폐허가 된 사원의 마지막 기둥처럼, 그는 자신이 없었더라면 텅 비었을 방 한가운데에 아무 말 없이 고독하게 서 있었다.

우수에 젖어 집으로 걸어가는 동안 내 허영심이 동정심을 이겼다. 바틀비를 없애는 문제를 능란하게 잘 처리한 자신에게 득의만만해지지 않을 수 없었다. 냉정한 사색가라면 누구라도 내 대처를 능란하다고 말할 것이다. 내가 택한 방법의 장점은 완벽한 평화로움에 있었다. 천박하게 윽박지르지도, 어떤 식으로든

허세를 부리지도, 성마르게 호통을 치지도, 방을 이리저리 왔다 갔다 하면서 바틀비에게 거지 같은 짐 보따리를 꾸려서 꺼지라고 사납게 명령하지도 않았다. 그런 일은 전혀 없었다. 바틀비에게 떠나라고 시끄럽게 명령하지 않고―재주가 부족한 사람이라면 그랬겠지만―나는 그가 떠나야 하는 근거를 토대로 내가 해야 할 말을 쌓아 올렸다. 생각하면 할수록 나는 내가 택한 방법에 매료되었다.

그럼에도 불구하고 다음 날 아침에 잠이 깨자 의문이 들었다. 자는 동안 허영심의 기운이 사라진 것이다. 내 방법은 여전히 현명해 보였으나 오로지 이론적으로만 그랬다. 실제로는 어떨 것인가? 거기에 어려움이 있었다. 바틀비가 떠날 거라는 생각은 정말로 멋졌지만 결국 순전히 나 자신의 가정이었을 뿐 바틀비의 생각이 아니었다. 중요한 점은 그가 나를 떠날 것이라고 내가 가정을 했는지가 아니라 그가 그렇게 하고 싶은가였다. 그는 자기가 하고 싶은 대로 하는 사람이었다.

나는 아침 식사를 한 후 시내를 걸어가면서 가부간의 확률을 따졌다. 비참한 실패로 입증되어 평상시와 같이 내 사무실에서 바틀비를 발견하게 되리라는 생각이 일순간 들었다가도 다음 순간에는 분명히 그의 의자가 비어 있는 것을 보게 될 것 같았다. 그렇게 나는 왔다 갔다 했다. 브로드웨이와 커낼 스트리트의 모

퉁이에서 나는 여러 사람들이 서서 열띤 대화에 빠진 모습을 봤다.

"그가 안 한다는 쪽에 내기를 걸지." 지나치는데 누군가의 목소리가 들렸다.

"가지 않는다고? 좋아!" 나는 말했다. "당신의 돈을 걸어."

본능적으로 돈을 꺼내기 위해 주머니에 손을 넣었을 때 오늘이 선거일이라는 것이 생각났다. 내가 들은 말은 바틀비와 아무런 상관없이 그저 시장에 출마한 어떤 후보가 성공할까 못할까에 대한 이야기였다. 긴장된 마음에서 나는, 말하자면 브로드웨이 전체가 내 흥분을 공유해서 나와 같은 문제로 논쟁을 벌인다고 생각했던 것이다. 나는 거리의 소란 덕분에 순간적으로 얼이 빠졌던 내 상태가 숨겨진 것에 매우 감사하며 지나갔다.

의도한 대로 보통 때보다 일찍 사무실에 도착한 나는 한동안 무슨 소리가 나는지 귀를 기울였다. 완전히 고요했다. 그가 간 것이 분명했다. 나는 손잡이를 돌렸다. 문은 잠겨 있었다. 그랬다. 내 방법이 마법처럼 먹혔고, 그는 정말로 가버렸다. 그러나 어떤 우울함이 섞여 들었다. 내 빛나는 성공이 유감스러울 지경이었다. 바틀비가 매트 아래 남겨 놓았을 열쇠를 찾으려고 더듬던 중 내 무릎이 문 판자에 부딪혀 누군가를 부르는 것 같은 소리가 났고, 안에서 응답하는 목소리가 들렸다.

“잠깐만요. 지금 바쁩니다.”

바틀비였다.

나는 기겁을 했다. 한순간 나는 오래전 버지니아에서 구름 한 점 없는 오후에 파이프를 입에 물고 있다가 마른 번개에 맞아 죽은 남자처럼 서 있었다. 아름다운 오후, 그는 따뜻한 열린 창가에서 죽었고 창밖으로 몸을 엎드린 상태로 있다가 누군가가 건드리자 그대로 쓰러졌다.

“가지 않았어!” 가까스로 내가 중얼거렸다.

그러나 그 불가해한 필경사가 내게 행사하고 있는, 내가 아무리 성을 내도 벗어날 수 없는 불가사의한 힘에 다시 굴복한 나는 천천히 계단을 내려와 거리로 나왔고, 주변을 걸으면서 이 전례 없이 당황스러운 일에 이제 어떻게 대처해야 할지 생각했다. 실질적인 위협으로 그 남자를 내쫓는 건 할 수 없었다. 험한 말을 해서 쫓아내는 것도 도움이 되지 않을 것이다. 경찰을 부르는 것은 생각만 해도 불쾌했다. 그렇다고 그가 나에게서 송장 같은 승리를 누리게 하는 것도 생각할 수 없는 일이었다. 그러면 어떻게 해야 할까? 아니면, 아무런 조치도 취할 수 없다면, 이 문제에 대해 내가 또 가정할 수 있는 것이 있을까? 그랬다. 바틀비가 떠날 것이라고 가정했듯이 이제는 그가 이미 떠났다고 가정할 수 있을 것 같았다. 이 가정을 정당하게 실행하기 위해 몹시 서둘러

내 사무실로 들어가 바틀비가 마치 공기처럼 전혀 보이지 않는 척 하면서 똑바로 걸어가는 것이다. 그것이야말로 단연 정곡을 찌르는 방법인 것 같았다. 가정의 원칙이 그렇게 적용되면 바틀비는 견디기 어려울 것이다. 그러나 다시 생각해 보자 이 계획의 성공 여부가 상당히 의심스러웠다. 나는 다시 그를 설득하기로 결심했다.

"바틀비." 사무실로 들어서며 내가 심각한 표정을 짓고 말했다. "나는 심히 불쾌하네. 기분이 상하는군, 바틀비. 나는 자네를 좋게 보았어. 나는 자네가 신사다운 사람이라 미묘한 딜레마에 처했을 때도 약간의 힌트면, 간단히 말해서 가정을 하나 주면 충분하다고 생각했어. 하지만 내가 기만을 당한 것 같군. 어째서." 나는 정말로 깜짝 놀라 전날 저녁 내가 놓아둔 곳에 그대로 있는 돈을 가리키며 덧붙였다. "그 돈에 아직 손도 대지 않았군."

그는 아무 대꾸도 하지 않았다.

"자네, 나를 떠날 건가, 떠나지 않을 건가?" 나는 별안간 화를 내며 그에게 바싹 다가가 대답을 다그쳤다.

"변호사님을 떠나고 싶지 않습니다." 그가 '않습니다'를 천천히 강조하며 대답했다.

"도대체 자네가 무슨 권리로 여기 있겠다는 건가? 자네가 임대료를 내는가, 내 세금을 내는가? 아니면 이 건물이 자네 건

가?"

그는 아무 대꾸도 하지 않았다.

"그러면 이제 필사를 할 준비가 된 건가? 자네 눈은 다 나았나? 오늘 아침에 간단한 서류 한 장을 필사해 주겠나? 아니면 몇 줄 검토하는 걸 돕겠나? 아니면 우체국에라도 다녀오겠나? 한마디로 이 사무실을 떠나지 않겠다는 자네의 거부가 그럴듯하게 무슨 일이라도 하겠느냐고."

그는 말없이 자신의 은신처로 돌아갔다.

그때 나는 신경과민으로 격분한 상태여서 당장은 더 이상의 감정 표현을 하지 않고 자숙하는 게 신중하다고 생각했다. 바틀비와 나 단둘밖에 없었다. 나는 불운한 애덤스와 더 불운한 콜트가 콜트의 외딴 사무실에 있었을 때 일어난 비극을, 애덤스 때문에 무섭게 화가 난 불쌍한 콜트가 신중하지 못하게 거센 흥분에 사로잡혀 치명적인 행동—분명히 그 누구보다 행위자 자신이 가장 후회했을 행동—을 우발적으로 하고 말았던 사건을 떠올렸다.❖ 그 문제를 곰곰이 생각하다 보면 그 격론이 공적인 길거리나 최소한 사택에서 벌어졌더라면 그렇게 끝나지는 않았을 거

....

❖ 1841년, 인쇄업자인 애덤스를 리볼버 발명자인 새뮤얼 콜트의 동생 존 콜트가 살해하고 시체를 유기한 사건이 있었다. 콜트는 1842년에 교수형을 언도받았으나 처형 직전 자살로 생을 마감했다.

라는 생각이 종종 들었다. 인간적인 분위기의 가정적 이미지가 전혀 없는 한 건물의 위층에 있는 외딴 사무실—분명히 카펫도 깔지 않은, 먼지투성이의 삭막한 모습을 가진 사무실—에 단둘이 있는 환경이 불운한 콜트의 성마른 절망을 한층 끌어올렸을 것이었다.

그러나 내 안에서 솟구치는 분노의 아담을 나는 내던져 버렸다. 어떻게 했느냐고? 그야 "내가 너희에게 새 계명을 주노니 너희는 서로를 사랑하라."는 거룩한 금지 명령을 떠올리는 것으로. 그랬다. 그 계명이 나를 구했던 것이다. 고상한 고려를 제쳐 놓더라도 흔히 자선은 대단히 현명하고 신중한 원리로 작동하며 자선을 베푸는 사람에게는 탁월한 안전장치가 된다. 사람들은 질투 때문에, 분노 때문에, 증오 때문에, 이기심 때문에, 영적 교만 때문에 살인을 저질러 왔지만 자선 때문에 극악무도한 살인을 저질렀다는 이야기는 이제껏 한 번도 들어본 적이 없다. 그렇다면 더 나은 동기를 편입시킬 필요 없이 단순한 자기 이익을 위해서라도, 특히 화를 잘 내는 사람은 자선과 박애 정신을 고취해야 한다. 어쨌든 이번 경우 나는 바틀비의 행동을 호의적으로 해석해 그에 대한 짜증을 가라앉히려고 애썼다. 불쌍한 녀석, 불쌍한 녀석! 나는 생각했다. 고의는 아니야. 게다가 어려운 시기를 겪었으니 관대한 대우를 받아야 해.

또한 나는 즉각 일을 시작하면서 낙담을 달래려고 애썼다. 나는 오전 중에 언제든 그가 마음이 내킬 때가 있을 거라고 상상했다. 바틀비는 자발적으로 은신처에서 나와 단호한 걸음으로 문을 향해 행진하게 될 것이다. 그러나 아니었다. 12시 반이 되자 터키는 얼굴에 벌겋게 홍조를 띠고 잉크병을 엎으며 소란을 떨었고, 니퍼즈는 평온을 되찾아 공손해졌고, 진저넛은 점심 사과를 와삭와삭 씹어 먹었으며, 바틀비는 창가에 서서 심원한 공상에 빠져 있었다. 믿을 수 있는가? 이것을 인정해야만 할까? 그날 오후 나는 그에게 한마디도 더 하지 않고 사무실을 떠났다.

며칠이 지났고, 그동안 한가할 때마다 나는 《에드워즈, 의지에 관하여》와 《프리스틀리, 필연성에 관하여》를 조금 들여다보았다. 이 상황에서 그런 책들은 유익한 감정을 야기했다. 점차 나는 바틀비 때문에 내가 겪고 있는 불편이 전부 영원의 세계에서부터 예정된 것이며 나처럼 하찮은 인간이 통찰할 수 없는 전지전능한 하나님의 신비한 목적을 위해 그가 나에게 배정되었다는 논리에 빠지게 되었다. 그래, 바틀비, 칸막이 뒤에 계속 있게, 하고 나는 생각했다. 더 이상 자네를 박해하지 않겠네. 자네는 이 사무실의 낡은 의자들처럼 무해하고 시끄럽지 않구먼. 사실 자네가 여기 있다는 것을 알면서도 이렇게 혼자라는 느낌을 가진 적은 없었지. 마침내 알겠어. 느낄 수 있어. 나는 내 삶의 예

정된 목적을 통찰하고 있다네. 나는 만족스러워. 다른 사람들은 더 고상한 역할을 할 수도 있겠지만 이번 세상에서 내 임무는 자네가 적당하다고 생각하는 기간 동안 사무실 공간을 바틀비, 자네에게 제공하는 거야.

내 사무실을 방문한 법률가 친구들이 내가 원치 않은 충고를 가차 없이 하지만 않았더라면 이런 현명하고 축복받은 마음은 계속되었을 거라고 나는 믿는다. 그러나 옹졸한 마음을 가진 사람들과 계속 마찰하다 보면 결국 좀 더 관대한 사람들의 최선의 결심마저 닳아빠지는 일이 종종 생긴다. 돌이켜 보면 내 사무실에 들어오는 사람들이 까닭 모를 바틀비의 유별난 외관에 놀라 그에 관해 악의적인 말을 몇 마디 내뱉고 싶어지는 것은 자연스러운 일이었다. 가끔 사무 변호사가 볼일이 있어 내 사무실을 방문했다가 아무도 없는 방에 혼자 있는 그 필경사에게 내 행방에 관해 묻곤 했다. 그러나 바틀비는 그의 한담을 들은 척도 하지 않고 꼼짝없이 방 한가운데 서 있곤 했다. 사무 변호사는 그 자세의 바틀비를 한동안 관찰하다 아무 소득 없이 사무실을 떠나곤 했다.

또 참조 작업이 진행 중이어서 사무실이 변호사들과 증인들로 붐비고 업무가 빠르게 돌아갈 때면 일에 깊이 몰두한 법률가가 전혀 일을 하고 있지 않는 바틀비를 보고 자신의 사무실에서

어떤 서류를 가져다 달라고 요청하곤 했다. 요청을 받은 바틀비는 조용히 거부하고 전과 마찬가지로 아무 일도 하지 않은 채 남아 있곤 했다. 그러면 그 변호사는 그를 매섭게 노려보다가 내 쪽을 돌아보곤 했다. 내가 무슨 말을 할 수 있었겠는가?

마침내 나는 내 사무실에 있는 이상한 사람에 대해 법조계에서 이상한 쑥덕공론이 돌고 있다는 것을 알게 되었다. 나는 몹시 격정이 되었다. 그리고 바틀비가 계속 내 사무실을 점거하고, 내 권위를 부정하고, 내 손님들을 당황하게 만들고, 나의 직업적인 명성까지 깎아내리고, 사무실에 계속 우울한 분위기를 던지고, 자기가 저축한 돈으로 마지막까지 근근이 살다가(그는 분명히 하루에 5센트밖에 쓰지 않았다.) 결국에는 나보다 더 오래 살아남아 영속적인 점유권으로 내 사무실에 대한 권리를 주장할지도 모른다는 생각이 몰려왔다. 불길한 예상들은 점점 나를 덮쳤고 친구들이 계속해서 내 사무실의 유령에 대해 가차 없는 의견을 강요하면서 내 안에서 커다란 변화가 일어났다. 나는 내 힘을 총동원해 이 참을 수 없는 악몽을 영원히 치워 버리기로 결심했다.

그러나 이 복잡한 계획을 궁리하기 전에 나는 먼저 바틀비에게 그가 영원히 떠나는 것이 타당하다는 말을 간단하게 꺼냈다. 나는 침착하고 진지한 어조로 신중하게 심사숙고해 보라고 권했다. 그러나 사흘간의 숙고 후 그는 원래의 결심대로 남겠다고,

간단히 말해서 여전히 나와 함께 있고 싶다고 통보했다.

내가 어떻게 해야 할까? 나는 외투를 마지막 단추까지 채우며 중얼거렸다. 어떻게 해야 할까? 내가 무엇을 해야 할까? 양심은 내가 이 남자, 아니 이 유령을 어떻게 해야 한다고 말하나? 나는 그에게서 벗어나야 했고, 그러려면 그가 가야 했다. 하지만 어떻게? 그 불쌍하고 창백하고 수동적인 인간을 내쫓을 수는 없었다. 그렇게 무기력한 존재를 문밖으로 추방할 수는 없지 않은가? 그런 잔인함을 발휘해서 스스로를 불명예스럽게 할 수는 없지 않은가? 그렇다. 나는 그렇게 하지 않을 것이다. 그렇게 할 수는 없다. 차라리 여기서 살다 죽게 하고 죽은 후에는 시체 주변에 벽을 올려 주는 게 낫겠다. 그러면 어떻게 할 것인가? 아무리 감언이설로 달래도 그는 움직이지 않을 것이다. 그는 뇌물을 주어도 내 책상의 문진 아래에 그대로 두었다. 나에게 달라붙고 싶은 것이 분명하다.

그렇다면 뭔가 가혹한 조치, 뭔가 비상조치를 취해야 한다. 뭐라고! 그 무고하고 창백한 사람을 경찰관에게 멱살이 잡혀 교도소로 끌려가게 하려는 건 아니겠지? 그리고 도대체 그렇게 할 수 있을 근거가 있다는 말인가? 그가 부랑자인가? 뭐라고! 움직이기를 거부하는 사람이 부랑자에 방랑자라고 할 수 있을까? 그것은 그가 부랑자가 되지 않으려 하기 때문에 그를 부랑자로 몰

려는 짓이다. 터무니없는 이야기이다. 명백한 부양 수단이 없다는 것. 그것이 그의 죄목이다. 아니, 그것도 아니다. 의심할 나위 없이 그는 자기 힘으로 먹고 사는데, 그야말로 그에게 부양 수단이 있다는 반박할 수 없는 증거이다. 그렇다면 더 이상 증거가 없다. 그는 날 떠나지 않을 것이므로 내가 그를 떠나야 한다. 사무실을 바꿔야겠다. 다른 곳으로 이사를 하고 새로 옮긴 사무실에서도 그의 모습이 보이면 그때는 불법 침입자로 고소하겠다고 정당한 통보를 해야겠다.

그래서 다음 날 나는 그에게 말했다. "이 사무실은 시청에서 너무 먼데다 공기도 좋지 않아. 한마디로 다음 주에 사무실을 옮길 걸세. 그리고 이제는 자네가 근무할 필요가 없어. 자네는 다른 곳을 알아보는 것이 좋겠네."

그는 아무 대답도 하지 않았고, 나도 더 이상 아무 말도 하지 않았다.

약속된 날에 나는 수레와 인부들을 이끌고 사무실로 갔다. 가구가 거의 없어서 전부 옮기는 데 몇 시간밖에 걸리지 않았다. 그러는 동안 내내 필경사는 칸막이 뒤에 그대로 서 있었다. 나는 마지막으로 칸막이를 옮기라고 지시했다. 커다란 2절지처럼 접혀 텅 빈 방에서 꼼짝하지 않는 그를 남겨 두고 칸막이가 젖혀지고 옮겨졌다. 입구에 서서 한동안 그를 바라보고 있는 사이 내

안의 뭔가가 나를 꾸짖었다.

나는 주머니에 손을 넣고, 그리고—그리고—조마조마한 마음으로 다시 사무실로 들어갔다.

"잘 있게, 바틀비. 나는 가네. 잘 있게. 어쨌든 하나님의 축복이 자네와 함께 하기를 바라네. 그리고 이거 받게나." 나는 그의 손에 뭔가를 쥐어 주었다. 그러나 그것은 바닥에 그대로 떨어졌고—이상한 말이지만—나는 그토록 벗어나길 갈망했던 그에게서 억지로 나 자신을 떼어 냈다.

나는 새 사무실에 자리를 잡으면서 며칠 동안 열쇠를 잠그고 있었고, 복도에서 발자국 소리가 들릴 때마다 깜짝 놀랐다. 잠깐이라도 자리를 비웠다가 돌아올 때면 열쇠를 꽂기 전에 문지방에 잠시 멈춰 무슨 소리가 나는지 조심스럽게 귀를 기울이곤 했다. 그러나 그런 두려움은 쓸데없는 것이었다. 바틀비는 전혀 내 근처에 오지 않았다.

모든 것이 순조롭다고 생각할 즈음 불안한 기색을 띤 낯선 사람이 나를 방문해 내가 월스트리트 ○○번지의 사무실을 최근에 사용했는지 물었다.

불길한 예감에 휩싸인 나는 맞다고 대답했다.

"그렇다면 말입니다, 선생님." 자신을 변호사라고 밝힌 그 사람이 말했다. "그곳에 남겨진 남자는 선생님 책임입니다. 그 사

람은 필사를 거부하고, 그 어떤 일도 거부하면서 하고 싶지 않다고만 합니다. 그리고 그 사무실을 떠나는 것도 거부하고 있습니다."

"정말 유감입니다, 선생님." 평온한 척했지만 속으로 떨면서 내가 말했다. "하지만 정말이지 선생님이 말하는 남자는 저와 아무런 관계도 없습니다. 선생님이 응당 제가 책임져야 한다고 생각할 법한 친척이나 견습생도 아니고요."

"그렇다면 도대체 그 사람은 누구입니까?"

"저도 분명히 알려 드릴 수가 없군요. 그 사람에 대해서는 저도 아는 바가 없습니다. 이전에 제가 필경사로 고용하긴 했지만 제 일을 전혀 하지 않은 지 꽤 되었지요."

"그렇다면 제가 그 사람을 해결해야겠군요. 안녕히 계십시오, 선생님."

며칠이 지났고 더 이상 아무런 소식도 들리지 않았다. 이따금 불쌍한 바틀비를 보러 그곳에 들를까 하는 자비로운 충동이 들었지만 알 수 없는 메스꺼움이 나를 주저하게 했다.

아무런 소식도 듣지 못하고 한 주가 더 지나자 지금쯤이면 바틀비에 관한 모든 것이 끝났을 거라는 생각이 들었다. 그러나 다음 날 사무실에 도착하자 여러 사람들이 몹시 흥분한 상태로 내 사무실 문 앞에서 기다리고 있었다.

“저 사람입니다. 여기 그가 오는군요.” 맨 앞에 선 남자가 소리쳤다. 나는 그가 이전에 혼자서 나를 방문했던 변호사라는 것을 알아봤다.

“선생님, 그 남자를 데려가셔야겠습니다. 지금 당장이요.” 사람들 사이에서 비대한 남자가 내게 다가오며 소리쳤다. 내가 알기로 그는 월스트리트 ○○번지의 건물주였다. “제 건물의 세입자인 이 신사분들이 더 이상 참을 수가 없답니다. B__씨가……” 건물주는 손가락으로 그 변호사를 가리켰다. “그 사람을 사무실 밖으로 내쫓았더니 이젠 건물 전체에 출몰해서 낮에는 계단 난간에 앉아 있다가 밤이 되면 건물 입구에서 잔답니다. 모두가 우려하고 있어요. 고객들은 폭도에 대한 두려움에 우리 사무실을 외면하고 있습니다. 선생님이 무슨 조치를 취해 주셔야 합니다. 지체 없이 지금 당장이요.”

이런 공세 앞에서 나는 뒤로 주춤 물러나 새 사무실로 가서 문을 잠가 버리고 싶었다. 다른 사람들과 마찬가지로 바틀비는 나와 아무런 관계가 없다고 항변했지만 헛수고였다. 소용이 없었다. 그와 어떤 관계라도 있었다고 알려진 마지막 사람이 나라며 그들은 나에게 무섭게 해명을 요구했다. 그러다가 (그 자리에 왔던 사람들 가운데 하나가 애매모호하게 위협했듯이) 신문에 나올까 두려웠던 나는 그 문제를 곰곰이 생각했고, 마침내 그 변호사의

사무실에서 그 필경사와 내밀한 면담을 할 수 있게 해준다면 그들이 불평한 방해물로부터 벗어날 수 있게 최선을 다해 보겠다고 말했다.

예전에 드나들던 곳의 계단을 올라가자 바틀비가 조용히 층계참의 난간에 앉아 있었다.

"바틀비, 여기서 뭘 하는 건가?" 내가 말했다.

"난간에 앉아 있습니다." 그가 얌전하게 대답했다.

내가 그를 데리고 그 변호사의 방으로 들어가자 변호사는 방을 떠났다.

"바틀비." 내가 말했다.

"자네가 이 사무실에서 내쫓긴 후 계속 건물 입구를 점거하고 있어서 나에게 큰 폐를 끼치고 있다는 걸 알고 있나?"

아무 대답이 없었다.

"자, 이제 둘 중 한 가지밖에 없어. 자네가 뭔가를 하든지, 자네에게 무슨 조치가 취해지든지. 그러면 자네는 어떤 종류의 일을 하고 싶은가? 다시 다른 사람을 위해 필사하는 일을 하고 싶은가?"

"아니오, 저는 아무것도 바꾸고 싶지 않습니다."

"포목점에서 점원 일을 하고 싶은가?"

"그 일은 너무 한곳에 갇혀 있어야 합니다. 점원 일은 하고

싶지 않습니다. 하지만 제가 까다롭게 가리는 건 아니에요.”

“너무 한곳에 갇혀 있다니!” 나는 소리쳤다. “자네는 늘 스스로를 한곳에 가두고 있잖아!”

“점원 일은 하고 싶지 않습니다.” 그는 작은 문제를 즉각 해치우려는 듯이 대답했다.

“그러면 바텐더 일은 자네한테 맞을 것 같나? 바텐더 일은 눈을 혹사하지도 않아.”

“전혀 마음에 들지 않습니다. 그렇지만 아까도 말씀드린 것처럼 저는 까다롭게 가리지 않습니다.”

그가 드물게 말이 많자 나는 고무되었다. 나는 다시 임무에 착수했다.

“그렇다면 상인들을 위해 시골을 돌아다니면서 수금하는 일을 하고 싶은가? 그러면 자네 건강도 좋아질 텐데.”

“아니오, 저는 뭔가 다른 일을 하고 싶습니다.”

“그렇다면 말동무로 유럽에 가는 것은 어떤가? 젊은 신사와 대화를 해서 즐겁게 해주는 일일세. 그건 자네에게 맞을 것 같나?”

“전혀요. 그 일에는 확실한 것이 전혀 없어서 매력적이지 않네요. 저는 붙박이로 움직이지 않는 것이 좋습니다. 그렇지만 제가 까다롭게 가리는 건 아닙니다.”

“그럼 붙박이로 고정되어 있으라고!” 나는 더 이상 참지 못하고 소리를 질렀고, 분통이 터지게 하는 바틀비와의 대화에서 처음으로 벌컥 화를 냈다.

“밤이 되기 전에 자네가 이 건물에서 나가지 않으면 내가, 바로 내―내―내가 여길 떠날 수밖에 없어!” 꿈쩍도 하지 않는 그가 순응하게 하려면 어떤 위협을 가해야 할지 몰라 나는 상당히 바보스럽게 끝을 맺었다.

나는 자포자기해서 더 이상의 노력을 포기하고 다급히 떠나려다 마지막 아이디어가 하나 생각났다. 전에도 그런 생각을 한 번도 해보지 않은 것은 아니었다.

“바틀비” 나는 화가 난 상태에서 할 수 있는 가장 다정한 어조로 말했다. “나랑 우리 집으로 가겠나? 내 사무실 말고 내가 사는 곳 말이야. 거기서 우리가 한가할 때 자네 문제를 좋게 정리할 수 있는 결론을 내릴 때까지 머무는 거야. 자, 지금 가세. 지금 당장.”

“아니오. 지금은 아무것도 바꾸고 싶지 않습니다.”

나는 아무 대답도 하지 않았다. 갑작스럽고 빠른 동작으로 사람들을 효과적으로 홱홱 피하면서 건물에서 뛰쳐나와 월스트리트에서 브로드웨이 쪽으로 달음질해서 첫 번째 승합마차를 잡아타고 추격에서 벗어났다. 차분함을 되찾자마자 나는 건물주와

세입자들의 요구를 들어주기 위해서나, 바틀비에게 호의를 베풀고 거친 박해에서 그를 보호하려는 내 욕망과 의무감을 충족시키기 위해서나 내가 할 수 있는 모든 일을 다했다는 것을 뚜렷하게 깨달았다. 이제 나는 걱정을 벗어 버리고 평온해지려고 노력했다. 내 양심은 그런 노력이 정당하다고 인정했지만 실제로 내가 바랐던 만큼 성공적이지는 않았다. 나는 격분한 건물주와 화가 머리끝까지 치민 건물 세입자들에게 다시 쫓길까 너무 두려워 업무를 니퍼즈에게 맡기고 사륜마차를 타고 며칠 동안 뉴욕의 위쪽과 교외 지역을 돌아다녔다. 저지시티와 호보켄에 건너갔으며 맨해튼빌과 애스토리아까지 도피했다. 그동안 나는 실제로 거의 사륜마차 안에서 살다시피 했다.

다시 사무실로 돌아오자 건물주의 통고서가 책상 위에 놓여 있었다. 나는 떨리는 손으로 편지를 열었다. 편지를 쓴 사람이 경찰에 알려 바틀비를 부랑자로 신고해 툼즈 교도소로 내쫓았다는 것을 알리는 통지였다. 더욱이 건물주는 내가 누구보다 바틀비에 대해 많이 알고 있으므로 경찰에 출두해서 사실에 대한 적절한 증언을 해주기를 바랐다. 이 소식은 나에게 상충되는 영향을 미쳤다. 처음에 나는 분개했지만 마침내 건물주에게 거의 동조하게 되었다. 건물주는 정력적이고 재빠른 성향이 있어서 나라면 결정하지 못했을 처리 방법을 채택했던 것이다. 그런 특별

한 상황에서는 그것이 의지할 수 있는 유일한 방법인 것 같았다.

나중에 알게 되었는데 그 불쌍한 필경사는 툼즈 교도소로 호송되어야 한다는 말을 들었을 때 아무런 저항도 하지 않았고 창백하고 태연하게 말없이 순응했다.

인정 있고 호기심 많은 구경꾼들이 호송하는 일행에 끼어들었다. 바틀비와 팔짱을 낀 경찰 하나를 앞세운 조용한 행렬이 정오의 시끄럽고 뜨겁고 즐거움이 넘치는 도로를 헤치며 줄을 지어 나아갔다.

쪽지를 받은 당일 나는 툼즈, 좀더 정확히 말하자면 경찰청에 갔다. 담당 경찰관을 찾아서 방문한 목적을 이야기하자 그는 내가 말한 사람이 안에 있다고 알려 주었다. 나는 그에게 바틀비가 설명할 수 없는 괴짜이긴 하지만 더할 나위 없이 정직하고 대단히 동정받아 마땅한 사람이라고 강조했다. 나는 아는 것을 전부 설명했고, 마지막으로―사실 그게 뭔지는 나도 알 수 없었지만―심하게 가혹하지 않은 조치가 취해지기 전까지 가능한 한 관대한 감금 상태에 있게 하자고 제안했다. 어쨌든 다른 조치가 내려지지 않는다면 구빈원에서 그를 맡아야 했다. 그런 다음 나는 바틀비와 면담을 할 수 있게 해달라고 간청했다.

불명예스러운 죄명이 아닌 데다 모든 면에서 조용하고 무해했기 때문에 그는 감옥 주변, 특히 교도소의 마당인 밀폐된 잔디

밭을 자유롭게 돌아다닐 수 있었다. 나는 그를 거기서 발견했다. 그는 조용한 마당에 외로이 서서 높은 벽을 향해 얼굴을 돌리고 있었다. 감옥 창문의 좁다란 틈으로 살인자들과 도둑들의 눈이 그를 주시하고 있는 것 같았다.

"바틀비!"

"선생님이 누군지 압니다." 그가 돌아보지 않고 말했다. "선생님과 아무 말도 하고 싶지 않습니다."

"바틀비, 자네를 여기로 오게 한 건 내가 아니야." 의심하는 그의 말에 날카롭게 에이는 심한 통증을 느낀 내가 변명했다. "그리고 자네에게도 이곳이 그렇게 지독한 곳은 아닐 걸세. 여기 있는다고 해서 자네에게 수치스러운 딱지가 붙는 것은 아니야. 그리고 보게. 여기는 사람들이 생각하는 것만큼 고약한 장소가 아니야. 봐, 저기 하늘도 있고 여기 풀도 있잖나."

"제가 어디 있는지는 저도 알고 있습니다." 대답은 했으나 그는 더 이상 한마디도 하지 않았고, 나는 그를 떠났다.

다시 복도로 들어서자 떡 벌어진 고깃덩어리 같은 남자가 앞치마를 두른 채 다가와서 엄지손가락으로 어깨 너머를 쿡 찌르며 말했다.

"선생님의 친구유?"

"그렇소."

“그 양반은 굶어 죽을 요량이라우? 그런 생각이면 감옥에서 나오는 대로 먹게 하시고. 그냥 그렇다고요.”

“당신은 누구요?” 이런 장소에서 이런 식으로 격식을 차리지 않고 말하는 사람을 어떻게 대해야 할지 몰라 내가 물었다.

“음식 배달을 하는 사람이지. 여기 들어온 친구들을 둔 신사 분들은 나를 고용해서 친구들에게 먹을 만한 것들을 보낸다우.”

“그렇습니까?” 나는 간수를 돌아보며 말했다.

그는 맞다고 말했다.

“그렇다면 좋아요.” 나는 은화 몇 개를 (사람들이 그렇게 부르는) 음식 배달업자의 손에 슬쩍 쥐어 주었다.

“저기 있는 내 친구에게 특별히 신경을 써주시오. 당신이 구할 수 있는 최상의 음식을 그에게 주시오. 그리고 가능한 한 그에게 공손하게 대해야 합니다.”

“친구 분한테 소개를 좀 시켜 주슈.” 음식 배달업자는 대꾸하며 자신의 예의범절이 얼마나 훌륭한지 보여 줄 기회를 초조하게 갈망하는 표정으로 나를 보았다.

그것도 그 필경사에게 도움이 될 거라고 생각한 나는 묵인했다. 나는 음식 배달업자에게 이름을 묻고 그와 함께 바틀비에게 갔다.

“바틀비, 이쪽은 커틀렛 씨야. 자네에게 몹시 도움이 될 걸

세.”

“나리의 하인입죠. 암요, 나리의 하인입니다요.” 음식 배달업자는 앞치마를 맨 채 깊숙이 고개를 숙여 절을 하며 말했다.

“이곳에서 나리가 잘 지내시길 바랍니다. 부지도 넓고, 방도 시원하답니다, 나리. 한동안 여기서 우리랑 함께 지내십시오. 나리 마음에 드시게 최선을 다합지요. 나리, 제 아내의 사실에서 저와 제 아내와 함께 식사를 하시겠습니까?”

“오늘은 식사를 하고 싶지 않습니다.” 바틀비가 고개를 돌리며 말했다. “저에게 맞지 않을 겁니다. 정식으로 식사를 하는 데 익숙지 않거든요.”

그렇게 말하면서 그는 구내 마당의 다른 쪽으로 천천히 움직여 막힌 벽 앞의 자리를 차지했다.

“이게 어쩐 일이우?” 음식 배달업자가 깜짝 놀라 나를 빤히 바라보며 말했다. “이상한 사람이네, 그렇지 않수?”

“약간 정신이 나간 것 같소.” 내가 슬프게 대답했다.

“정신이 나갔다고? 정신이 나갔어? 글쎄요. 이거 참. 나는 댁의 친구가 위조범이라고 생각했다우. 위조범들은 늘 창백하고 신사처럼 보이거든요. 위조범들은 말이우. 동정하지 않을 수가 없어요. 동정하지 않을 수가 없어. 먼로 에드워즈라는 사람 아슈?” 그는 측은하다는 듯 덧붙이더니 잠시 말을 멈췄다. 그러더

✝ 필경사 바틀비 ✝

니 연민의 손길을 내 어깨에 얹으며 한숨을 쉬었다. "그 사람은 싱싱 형무소에서 폐결핵으로 죽었다우. 그러니까 선생은 먼로랑은 모르는 사이로군?"

"몰라요. 위조범과 친구로 지내 본 적이 없소. 하지만 여기에 계속 있을 수가 없군. 저기 내 친구를 부탁하오. 그러면 당신이 손해 볼 일은 없을 거요. 그럼 다시 봅시다."

그로부터 며칠이 지난 후 나는 다시 툼즈에 들어갈 수 있도록 허가를 받았고 바틀비를 찾아 복도를 돌아다녔으나 찾지 못했다.

"얼마 전에 자기 감방에서 나오는 걸 보았습니다." 한 간수가 말했다. "아마 마당에서 어슬렁거리고 있을 것 같은데요."

그래서 나는 그쪽 방향으로 갔다.

"그 조용한 남자를 찾는 겁니까?" 다른 간수가 나를 스쳐가며 말했다. "저기 누워 있어요. 저쪽 마당에서 자고 있던데요. 그 남자가 눕는 걸 본 지 20분도 안 되었어요."

마당은 아주 조용했다. 일반 죄수는 마당에 들어갈 수 없었다. 주변을 둘러싼 엄청나게 두꺼운 벽이 바깥에서 나는 모든 소음을 막아 주었다. 이집트풍 석조 건축물이 나를 음울하게 짓눌렀다. 그러나 발 아래 갇혔던 부드러운 잔디가 일어났다. 마치 영원한 피라미드의 한가운데 갈라진 틈 사이에 새들이 떨어뜨린 풀씨가 기이한 마법으로 싹을 틔운 것처럼 보였다.

나는 무릎을 바싹 당기고 옆으로 누워 머리로 차가운 돌을 벤 자세로 벽의 발치에 이상하게 움츠리고 있는 지친 모습의 바틀비를 보았다. 그러나 아무런 움직임도 없었다. 나는 잠시 멈췄다가 다시 그에게 다가가 몸을 구부렸고, 그의 흐릿한 눈이 열려 있는 것을 보았다. 그렇지 않았더라면 깊은 잠에 빠진 것처럼 보였을 것이다. 뭔가에 이끌려 나는 그를 건드려 보았다. 그의 손을 만지자 오싹한 전율이 팔을 타고 올라갔다가 척추를 타고 발끝까지 내려갔다.

그때 음식 배달업자의 둥근 얼굴이 나를 빤히 응시했다. "그 사람 밥 준비가 다 됐다우. 오늘도 안 먹으려나? 아니면 그 사람은 아무것도 안 먹고도 살 수 있나?"

"안 먹고 사는 사람이오." 나는 말을 하면서 그의 눈을 감겨 주었다.

"뭐라고요! 아, 잠들었구랴?"

"세상의 왕들과 고관들과 함께."❖ 나는 중얼거렸다.

* * *

이 기구한 이야기를 계속할 필요는 없을 것 같다. 상상력만으

....

❖ 구약성경 욥기 3:14

로도 불쌍한 바틀비의 매장에 관한 빈약한 이야기를 충분히 채울 수 있을 것이다. 그러나 독자들과 헤어지기 전에 해두고 싶은 이야기가 있다. 바틀비가 누구인지, 그리고 화자가 그를 알게 되기 전에 그가 어떤 식으로 삶을 영위했는지 호기심이 생길 만큼 이 짧은 이야기가 흥미로웠던 독자가 있다면 나도 마찬가지의 호기심을 가졌지만 전부 충족시키지는 못했다고 대답할 수밖에 없다. 게다가 그 필경사가 죽은 후 몇 달이 지나 내가 듣게 된 작은 소문을 이 자리에서 밝혀야 할지 모르겠다. 소문의 근거가 무엇인지 나는 확인할 수 없었고, 그렇기 때문에 소문이 얼마나 진실한지 알 수 없다. 그러나 이 모호한 소문이 아무리 슬픈 것이라 해도 내게 도발적이고 이상야릇한 흥미를 전혀 불러일으키지 않는 것은 아니어서 다른 사람에게도 그럴 수 있겠다 싶어 간단히 언급하기로 하겠다.

소문은 이렇다. 바틀비는 워싱턴에서 배달 불능 우편물 취급소의 말단 직원이었다가 갑자기 행정부가 바뀌어 해고되었다고 한다. 이 소문을 떠올릴 때 나를 사로잡는 감정을 나는 적당하게 표현할 방법이 없다. 배달 불능 우편물이라니! 꼭 죽은 사람처럼 들리지 않는가? 천성적으로, 그리고 불운으로 창백한 절망에 빠지기 쉬운 사람을 상상해 보라. 그런 기질을 더 고양시키는 데 배달 불능 우편물들을 분류해서 태우는 것보다 적합해 보이는

일이 있을까?

　그런 우편물들은 매년 대량으로 태워진다. 때로 접힌 편지에서 창백한 직원은 반지를 꺼낸다. 반지가 끼워졌어야 할 손가락은 아마 무덤 속에서 썩어 가고 있을 것이다. 몹시 급한 구호금으로 보냈을 지폐를 꺼낸다. 그 지폐로 구원받을 수 있었을 사람은 더 이상 먹을 수도, 굶주림을 느끼지도 못한다. 사면 편지를 받았어야 할 사람은 절망에 빠져 죽었고, 희망적인 편지를 받았어야 할 사람은 희망을 품지 못하고 죽었으며, 희소식이 담긴 편지를 받았어야 할 사람은 구제받지 못한 불행에 짓눌려 질식당해 죽었다. 생명의 임무를 받아 나섰건만 편지들은 죽음으로 질주한다.

　아, 바틀비여! 아, 인간이여!

허먼 멜빌
Herman Melville

《미국 고전문학 연구*Studies in Classic American Literature*》에서 D. H. 로렌스는 멜빌이 천국을 믿었으며 그래서 그가 계속 연옥에 살게 되었노라고 썼다. 그는 남태평양 섬에서 행복을 찾기를 바랐고 마음속에 폴리네시아를 품으며 뉴욕에서 살았다. 멜빌은 1819년 1월 1일, 뉴욕의 부유한 부모 밑에서 태어났다. 편안하고 안락한 어린 시절을 보냈지만 1830년에 부친이 파산했고, 얼마 뒤 불행에 시달리다 미쳐 죽었다.

가족은 올버니로 이주했고 허먼은 일용직 은행원과 교사 일을 했다. 이리 운하 건설 회사에 일자리를 얻기 위해 공학과 측지학을 공부했지만 입사하지 못하자 1839년에 리버풀 행 세인

트 로렌스호를 타기로 결심했다. 이때의 생생한 경험은《레드번 Redburn》(1849)에 담겨 있다. 다시 뉴욕에 돌아와 일자리를 찾았지만 별다른 성과가 없자 1841년에 태평양을 누비는 포경선 애커시넷Acushnet호의 선원이 되어 다시 뉴욕을 떠났다. 18개월간 포경선 생활을 하고 난 뒤 마르키즈제도로 도망쳤고 오스트리아 포경선을 탔으나 폭동에 연루되어 타히티에서 감옥 생활을 했다. 이후 하와이에서 점원과 급사 노릇을 했고, 미군 군함을 타고 다시 바다로 나갔다가 1844년에 보스턴으로 돌아왔다. 험한 항해와 선원 생활은 그를 성장시켰을 뿐 아니라 문학 창작에도 중요한 경험이 됐다. 그 시기 멜빌이 직접 경험하고 관찰했던 사건들은 작품의 밑거름이 됐다.

고향으로 돌아온 멜빌은 가정 형편이 한층 나아지자 조용하고 편안한 분위기에서 초기 작품들의 집필에 몰두할 수 있었다. 이 시기의 작품은 마르키즈제도와 타히티에서의 모험담을 형상화한 《타이피족Typee》(1846)과 《오무Omoo》(1847), 정치 종교적 알레고리가 담겨 있는《마디Mardi》(1849),《하얀 재킷, 혹은 군함의 세계White Jacket, or the World in a man-of-war》(1850) 등이다. 1851년은 19세기 미국문학의 최고 걸작《모비딕Moby Dick, or The Whale》이 나온 해이다.

멜빌은 호손Hawthorne과 깊은 우정을 맺고 자극을 받으면서

작가로서 더욱 성숙해졌다. 호손은 매사추세츠주 피츠필드에 살았는데, 멜빌은 1847년에 결혼한 아내와 그곳에 정착했다. 하지만 독자도 비평계도 《모비딕》과 멜빌 작품 세계의 가치를 알아보지 못했다. 그의 작품에는 상징들이 너무 자주 등장했고 대부분의 사람들은 이를 이해하지 못했다. 멜빌과 동시대를 살았던 월트 휘트먼은 《타이피족》에 대해서는 간단히 논평했지만 그의 다른 작품들은 완전히 무시했다. 게다가 1852년에 발표된 《피에르 혹은 모호함Pierre, or the Ambiguities》는 뉴잉글랜드 청교도의 분노를 일으켰던 근친상간 사건을 다루어 부도덕하다는 비난을 받았다.

1855년에 익살스런 《이스라엘 포터Israel Potter: His Fifty Tears of Exile》가 나왔고, 1856년에 매혹적인 〈필경사 바틀비〉가 수록된 《광장 이야기》가 나왔다. 갑자기 창작력이 고갈된 슬럼프가 몇 년간 지속되었고 그 기간 동안은 빈약한 시집만을 간간이 발표했다. 멜빌은 1856년에 성지순례를 감행했는데, 잃어버린 것을 찾아 떠난 순례였다. 그러나 잃어버린 것을 찾지 못하고 빈손으로 집에 돌아와 심각한 위기를 맞았다. 그 경험으로 그는 여행 일기 《해협일지Journal up the Straits》와 비평계로부터 하나같이 지루하다는 평가를 받은 장시 〈클레어럴Clarel: A Poem and Pilgrimage in the Holy Land〉를 출간했다.

1866년, 뉴욕에 정착한 멜빌은 그곳에서 세관 검사관직을 얻어 글을 쓸 시간을 별로 허용하지 않는 일에 몰두하며 살다 1885년에 일을 그만두었다. 그의 문학적 명성은 거의 사라졌지만 생애 마지막 시기인 1888년에서 1891년에는 전성기의 에너지를 다시 찾아 《선원 빌리 버드 인사이드 스토리*Billy Bdd, Sailor: An Inside Story*》를 썼다. 이 작품은 작가가 사망하던 당시 원고로 남겨졌다가 1924년에야 출간되었다. 그는 1891년에 뉴욕에서 사망했다.

• **주요작**

소설

1846년	《타이피, 폴리네시아 생활 견문기*Typee, a Pee at Polynesian life*》
1847년	《오무, 남태평양 모험담*Omoo: Adventures in the South Seas*》
1849년	《마디*Mardi*》
	《레드번*Redburn*》
1850년	《하얀 재킷, 혹은 군함의 세계 *White Jacket, or the World in a Man-of-war*》
1851년	《모비딕*Moby Dick; or, The Whale*》
1852년	《피에르 혹은 모호함*Pierr, or the Ambiguities*》
1855년	《이스라엘 포터*Israel Potter: His Fifty Tears of Exile*》
1857년	《사기꾼*The Confidence Man: His Masquerade*》
1924년	《선원 빌리 버드: 인사이드 스토리

Billy Budd, Sailor: An Inside Story》(사후 출간)

시

1866년　《전쟁기사와 전쟁의 양상*Battle Pieces and Aspects of the War*》
1876년　《클레어럴*Clarel: A Poem and Pilgrimage in the Holy Land*》

† 작가 소개 †

옮긴이 김세미
이화여대 정치외교학과를 졸업했고 〈미트포드 이야기〉, 〈죽은 잎의 교훈〉, 〈크리스마스 캐럴〉, 〈지킬 박사와 하이드〉, 〈목소리 섬〉등을 우리말로 옮겼다. 번역 오류 지적을 비롯해 전하고 싶은 말이 있는 독자와는 samiam@hanmail.net으로 교감할 수 있기를 바라고 있다.

옮긴이 이승수(해제, 작가 소개)
한국외국어대학교 이탈리아어학과를 졸업하고 동 대학원에서 비교문학 박사 학위를 받았다. 옮긴 책으로 《순수한 삶》, 《신부님 우리들의 신부님》, 《그날 밤의 거짓말》, 《그림자 박물관》, 《달나라에 사는 여인》, 《넌 동물이야, 비스코비츠!》 등이 있다.

필경사 바틀비

초판 1쇄 발행 | 2012년 4월 10일
초판 2쇄 발행 | 2013년 4월 15일

지 은 이   허먼 멜빌
옮 긴 이   김세미
디 자 인   박은진 · 장혜림

펴 낸 곳   바다출판사
발 행 인   김인호
주   소   서울시 마포구 서교동 398-1 창평빌딩 3층
전   화   322-3885(편집), 322-3575(마케팅부)
팩   스   322-3858
E-mail   badabooks@gmail.com
홈페이지   www.badabooks.co.kr
출판등록일   1996년 5월 8일
등록번호   제 10-1288호

ISBN 978-89-5561-587-6 04840
        978-89-5561-565-4 04800(세트)

KB252431